殘骸書

陳列

日子必須向前走，理解卻得回頭看。

——祈克果

前言

起心動念寫一本以白色恐怖為題材的書已有許多年。這主要不是因為自己是直接捲入這段歷史的當事者，而是我在二〇一〇年五月去了綠島。那幾天在那個小島上，走在新生訓導處那個集中營遺址裡，那種所有的人事物都消失不見了的荒廢境況，以及因此給我的茫然和恍惚感覺，多年來似乎一直留存在我的心底裡，偶爾就會在一些不經意的情況下突然浮現，有如夢魘。或者有如一種讓我不時覺得不安的提醒。

在那個遺址上，在十五年間，曾有大約兩千人，不由自主，被強制過著一種內容荒謬的集體生活。我雖然和這些人有著密切相關的生命際遇，但是對這一段歷史的認識其實很有限，一知半解，甚至長期輕忽以對，不曾關心。或許，更根本的是，我也似乎下意識地一直在遺忘這一段不遠的過去，包括遺忘自己的過去。

帶著有點驚訝和內疚的心，我因此試著走入過去，開始斷斷續續閱讀了一些受難者自述的文字、學者專家的相關研究和論述，以及各種形式的討論和報導。但這麼多年了，我反而遲疑著沒動筆。一者因為這樣在閱讀的時候越發察覺自己認知不足，思索難以深入；一者是因為覺得，這幾年來，已有越來越多的人，包括政治受難者本人和研究者，對這一段歷史講過不少話，也提出了一些相同或互異的見解，跟他們比起來，我能說的，並沒有什麼較為高明的東西，即使說出來，也只是人云亦云而已，沒有新的意思和價值。而且，他們所講過的那麼多的話，曾有多少進入人們心裡，讓人在意的嗎？

而更讓我卻步不前的是，我逐漸體會到，回憶確實是會傷人的。當我要去找尋那些已隨著時間的消逝而逐漸隱匿在意識邊界之外的什麼人事物，或者走入當初我自己或我的先行者們受創的境況，每每都是折磨。我不免懷疑，回頭進去那個傷痕累累、黑暗而淒冷的往日地帶，是有必要的嗎？或者，更應該讓完全的遺忘伴隨著餘日無多的晚年，息事寧人，閒閒地不再看向任何會惹起波浪的東西？

所以有一長段時間，我已近乎完全放棄了這個寫作的念頭。

然後，國家人權博物館的陳俊宏館長跟我談起駐館藝術家的事。我曾有一陣子猶豫。之所以終於答應，主要是把它當作一種策勵，甚至是一種我不應逃避而必須去面對和完成的任務。

和絕大多數受難前輩或同輩相比起來，無論刑期、案情、被捕以及審訊期間所受的折磨和服刑過程，我的經歷平淡無奇，微不足道，所以這些書寫雖涉及自己的經驗，但主要我不是要寫自己對昔日的記憶，而更像是在試圖尋找著某種認知這段過去的方式，或者說，像是一趟又長又遠、沒有終點、經常令人疲憊和畏怯的漫步之旅，穿行在目前景美與綠島這兩處白色恐怖紀念園區，以及範圍更大的相關時間與空間裡，在其中來回徘徊，而相伴在我身邊的，是一些現時仍在和更多已離去的人，是諸多離散的受挫受傷的靈魂，是他人文字裡的敘述與解說，是若干物事的變遷與消逝，等等。我時而從肢解的過去裡撿起一片凌亂散置的蒙塵的殘骸，注視與觸撫，然後，又輕輕放下殘骸，那些心志的殘骸，肉身的殘骸，權力的殘骸，遺忘的殘骸，時間的殘骸……。我一邊環顧四周，同時也頗為辛苦地察看著自己的內心；一邊猶疑著甚至一再逃避地回首過去，同時也在試著努力克服過去，並且勉強向前盼望。我時而趨近尋索和辨識，希望可以找到關於個人遭遇和時代過程的一些解釋，時而保持若干距離，想像和感受，捕捉那些不時來到心中的暗影與或有的光，並且設法記述。我告訴自己，不是要去回味過去的辛酸苦難，揭發所受的壓迫和屈辱，甚至也不是要去挖掘記憶，而是試圖發現或有的記憶是否有什麼意義，那些有關人的反抗、志氣、自由、尊嚴之類的東西。

這些記述應該就是片段的，瑣碎而零散，沒有明顯的次序和一定的條理，並且時有交雜和疊覆。這其中透露的，其實仍是我紛亂甚且隱隱作痛以及不時前後矛盾的思緒和心情，是那一顆我原以為已經雲淡風輕但如今才知道其實仍難以妥適安頓和消解的騷動不平且壓抑的心。

我無意也無能力記錄、整理或釐清那一段歷史。但就在這些可能類似於斷裂破碎的連綴與堆置的殘骸撿拾中，或許吧，至少我自己希望，或許也可以粗疏地提示一種對待態度，一種走入這兩個白色恐怖紀念園區的取徑，一種認識與記憶白色恐怖這段歷史的方式，並且因此對曾有的許多或已亡逝在濃霧深處（從容帶著理想，凜然帶著抗爭意志，或是含冤帶著怨念），或曾長期四散飄零、喑啞無言、身心俱疲，但也可能仍心存些微盼望的人，有了若干共感同情的了解。

◆◇◆

那一天，是永遠的一天。

零時五分的火車從台東出發之後，我脫了鞋子，拉上布簾，和衣躺在下層的臥鋪上。這是花蓮台東之間每天同時對開的夜行列車，附掛了記得是一節各有上下共八個床位的臥鋪車廂。之前的兩年多裡，我曾數次搭過這班車；上車倒頭總是很快就入睡了，到終點站醒來，剛好天亮。我喜歡這班車。但是這一次，同樣躺下來，同樣蓋著薄毯子，卻是難以睡著，腦子裡思緒起伏，在周遭一片黑暗和匡啷匡啷單調反覆的車聲中紛紜亂竄。我一直不安地猜測著，這或許仍是一整天的第三次偵訊，會是個什麼情形。

有一陣子，我曾經以為，事情可能已經過去了。但其實還沒有。一月初，他們一大群人凌晨時分來山中佛寺把我押往一個小房間裡偵訊時，有人認為，一定有一組發報機藏在山區某個隱密處，我經常用它在與某人或某個組織互通什麼陰謀祕密的訊息。為了釋疑，我決心中斷原來避居山間專心讀書準備投考研究所的計畫，像每一個正常人一樣有一份正當的職業，所以請託朋友而終於才幸運地謀得了現在這個從下學期開始上任的教職。二月開學後不久，校長召見我，語氣誠懇地表示，這是一所職業學校，學生的英文程度較差，希望我能敬業堅持地在這裡長期待下來，進而為學生們編出一整套適合他們學習的實用教材。沒問題，我說。三月中旬，校長再次找我去面談。語氣聽來仍然誠懇。他說，我是個優秀的人才，長此以往地待在這個後山偏遠縣分的職業學校裡是沒有前途的，將來應該轉往大城市發展才有將來。這一次我告訴他，五月研究所的考試，我確信會被錄取，暑假以後我就會離職了。我說，「請校長放心；我一定會離開的。」我知道，情治單位的人已經找過他了。一星期前，一個身著便服而自稱警官的人，甚至進入校內我的單身宿舍裡，通知我今天再次被原偵訊單位傳喚的事，而且跟我確認我會搭哪班車。

這臥鋪票我是幾天前預購的。昨晚，由於坐立難安，我很早就離開宿舍，在街上四處晃蕩很久，然後為了解悶還去看了一場我原不怎麼有興趣的關於純真愛情的二輪上映的《兩小無猜》。電影散場後，我繼續在深夜幾無人車的小城街巷裡獨自胡亂行走。心底裡那種憂愁和孤苦的感覺，卻似乎越來越為龐雜無邊，甚至有不祥的預感，想到是不是要抗命，改坐公路局的夜班車反方向地往南走。

然而，我畢竟還是乖乖地坐上了原定的火車。

抵達花蓮時，我從車廂內，遠遠辨識到好幾個曾偵訊過我的人在車站剪票口外徘徊。我從月台的另一側跳下車，越過數對鐵軌，穿過水泥柱柵欄某處我知道的專供鐵路局員工出入的小門，去附近的街上吃早餐。等我返回車站時，我看見他們個個氣極敗壞的樣子。「你去哪裡了？你怎麼現在才出現？」過去兩次偵訊中那個主訊的大個子，臉上一陣青一陣白，「我們在台東的人，明明跟我們說，確實有看著你坐上這一班車啊。」

他們總共來了三部車子。陣仗不必要地大。下車後，他們並沒有像前兩次那樣帶我上樓，而是走進樓下的一個小會客室裡。四、五個人或坐或站在我旁邊。大個子對著我上下打量了幾眼之後有些困惑地問我說，你沒帶任何行李嗎，連簡單的衣物和盥洗用品也都沒有嗎。我揚揚手上的一本論翻譯的書，一邊對著他搖頭。我看得出來，他們幾個人都有一種匪夷所思的表情（我事後回想，其實那也是認為某人何其愚蠢和不知死活才會有的表情）。他表示，台北的長官想要見我，當面進一步釐清一些事。「也許今天，也許明天，最晚可能後天，就可以回來了。」他說。「但後天是禮拜一啊，那我上課怎麼辦？」我說。他隨即叫人拿來一張十行紙，要我寫下因有急事需請事假一天云云的假單。「你放心。我們會幫你轉交。准假絕對沒問題。」大個子說。

他們當中的兩個人陪伴我去搭飛機。

下飛機後，這兩個人忽然就不見了，換成是好幾個陌生人帶我坐上一輛玻璃窗外裝有鐵絲網的黑色小客車。車子走動當中，我很努力想要從窗外的街景去揣測我到底在什麼地方以及要往哪裡去。但我毫無頭緒。只知道後來有一大段路沿著一條溪邊前行，而且從水流的方向猜想大概是往西南走的。

車子在穿過衛兵持槍守衛的一道大門而終於停下來時，有人帶我進入掛著軍事法庭門牌的一個大房間裡，叫我在一排木柵欄後的中央位置立正站好。不久，從我眼前高台後那面白牆側邊的一個小門裡走出來了兩個人。他們慢條斯理地從容分別就坐（後來我才知道他們一個是軍事檢察官一個是書記官）。於是審問開始。從我的姓名是什麼籍貫哪裡開始，最後則問我是否認罪。問答的過程中，全是在重複過去兩次偵訊的內容。我不斷地一再聽到的問話是：「你承不承認？」對我的任何辯解，那位問話的人似乎完全聽而不聞。我甚至看到那位書記官好幾次在打瞌睡。

我很困惑的是，了解案情不是司法人員的絕對特權嗎？

後來，我直接被帶進看守所。在卸除掉鞋子、皮帶、錢幣之類的物品並且接受徹底搜身之後，我被放入一個房間裡。房裡原住的四、五個人好奇地問起我的案情。我簡略地說了。他們一致認定我將會被判刑七年。我感到極為震驚。我說我不會有事的，很快就會出去了。「別傻了，」他們同樣一致地說，「這是行情。」

確實如此。

這一天，中華民國六十一年四月二十二日。

◆◇◆

入獄這一天，從早上開始，所經歷的一切都是生命裡的第一次，所以很難忘記：坐飛機從花蓮到台北，全程被兩個人有如挾持著貼身監控；法庭裡兒戲般完全形式化的問與答；走入看守所隔絕的門，被命令掏出身上所有的物件，搜身，然後被關入羈押區的囚房；原已坐在牢裡的那些人看著我的那種複雜的眼光和神情，以及他們對我的好奇探問。收押、押區和押房這幾個名詞的真意，也是這入獄第一天，由同房難友的口中知道的。

更難忘的是那種一路被宰制被逼迫著卻完全無助無告、完全無以抗拒的無力感覺，以及隨後自忖真的就要坐牢了時內心的無限惶恐和緊張，而一方面則又要力求鎮定以免無法自持崩潰了很難看。凡此種種的心情，如今想來，仍是鮮明的，甚至在這時的回想裡，顯得更讓我感到巨大而傷心，甚至是疼痛。

這些第一次的經驗，很多年後，或者說，隨著歲月的消逝或年歲的增長，我才逐漸明白，對我的一生，都是何其重大的時刻。從這些時刻起，有很長一段時期，有些東西死去了，有些東西則無聲無息地在暗中滋長，啃噬。

◆◇◆

令我印象深刻的，還有這第一天走過的幾個門：從松山機場坐著警備車直接進入的有兩名軍人拿著長槍警戒守衛、與尋常社會絕對隔離開來的營區高牆間開敞高大的門；偵查庭草草結束後被帶領著經過的看守所緊閉的菱形網鐵門旁的側門；搜身之後繼續往裡走的時候必須彎身低頭才能穿過的設在高牆下的矮窄鐵門；然後是從此以後很難得還會再開啟的囚室厚重的鐵板門。

這些門，不成一直線，而是一再轉彎，變換方向，而且樣式不同，越往前越小越封閉越顯得隱密森嚴，同時也越刻意要讓人屈服，越顯得要逼迫人走往不可知不可探究辯駁的黑洞深處裡去，越散發著殺氣。這些門是重重禁制的關卡。這些門其實只有入口，只讓人有進無出，只讓人心生絕望。

而這些門內的不同景象和功能，也都是我不曾意想到的，都在我原有的知識範圍之外，在經歷的當下完全不能了解。我只能神志昏沉地一再聽命進入，同時呆滯遲疑地偶爾左顧右盼。

當最後這個押房的門在我猶未回魂之際就在我身後沉悶地控一聲關上，我曾經一時有些暈眩，有一陣子時間空白。那聲音敲定了我人生中最為沉重的一記槌擊。

◆◇◆

事情已過去將近五十年了，三年多在這個看守所裡的生活，大部分我已回想不起來，但是對於入獄這一天，這個應該是心神極端混亂的一天，我現在竟然還很清楚記得其中的許多細節，這頗為詭異。直到現在，我甚至還很在意這永遠的一天記憶的明確性。

在法庭裡，我被潦草地訊問完之後，有人叫我在外面等候。可能因為從半夜起就被脅迫著一直不停移動，然後莫名其妙地進入法庭接受完全不被當作一個生命的對待，身體疲憊虛弱，而且深覺孤單、無助，所以被擊垮了似的，我就在法庭外屋簷下的一張長板凳上躺了幾分鐘。我記得我這樣躺下來的時候，曾看見身體上方稍微斜出而下的法庭屋簷，也記得法庭臨路，路對面是一些高大的樹，包括椰子樹，以及幾座掩映在樹木中的建築物。

這個短暫躺臥的過程，那些景物，我一直不曾忘記。

但是目前存在的這個軍事法庭，卻是四方形平頂的水泥建築，沒有屋簷，也沒有可以讓人躺下來的長板凳之類的物件。我問過許多人，尤其很慎重地詢問同時期曾在這裡被判刑和服刑的好幾位難友，對這個軍事法庭長相的印象。大多數人說，本來就是這個樣子啊，也有一些人說根本沒留意或不記得了，而且對於我這麼在意這個法庭的外觀感到無聊和可笑。我不死心。我甚至於去查看六〇、七〇年代不同年分的空照圖，從那些其實不很清晰的圖像中，仔細比對不同時期若干房舍位置的變更，以及屋頂線條與色澤若無似有的差異，終於可以約略推測出，我記憶裡斜屋頂的法庭是可能的。我繼續找機會求證。

後來，有人跟我提起陳中統醫師。陳醫師早我兩年被關，總共十年的牢獄生活都在這個看守所裡度過，而且因為在醫務室當外役，不只為他的獄友看病，也常為這裡的官兵甚或他們的眷屬看病，較有機會走出看守所，看見整個軍法處的大環境（從日本學醫歸來後新婚十五天就被逮捕的陳醫師，在監期間甚至還能時而外出，與家人相聚，並且曾經協助抄錄政治犯名單，讓這份名單輾轉送至海外，引起國際人權組織注意並發動救援）。他跟我說，那個軍事法庭早期是木造的，確實是斜屋頂。

聽到他這麼說，我才終於放下一顆懸疑的心。彷彿許多年前那個將近中午時分我躺在那個長椅上的荒涼模樣和當時廢然躺著的時候所看到的斜屋頂、道路、樹木和房屋，是我曾經對這個世界最後留戀的印象，是生命裡一個極不尋常的關鍵性場景，只有當這個場景確定之後，那爾後記憶裡大部分空白一片的三年多，才有了真實存在的依據，一個參照點，並也因而才可以確認自己曾經孤零零一個人出現在這個完全陌生的地方，而不是一場亂夢中的幻影。這些物事確定之後，某個曾經喪失或斷裂的時間，似乎才可以重新緩慢流動，我也才能確定二十六歲的我曾經在某個非常的上午如何地孤苦無依和恐慌，同時也回頭去彷彿看到我和整個世界的關係，也看到我在時間之流裡當時曾有的一個微小的形跡。

也彷彿，我生命裡一次完全意外且最為重大的經驗，才終於可以得到自己的認可和接納。彷彿就此，我可以找到這一天，回去這一天，並且適當安置這一天，心底裡長期以來的若干不解或糾結似乎也因此可以得到紓解和安撫。

◆◇◆

最近這一年多，我來景美園區時，經常會從園區東邊有保全人員看管的一個側門進入。這條路徑，是現在所謂的接見之路——以前關在這裡、等待判決或已定讞的政治受難者的親人或朋友，要來接見、會面時，規定只能走這條路，不可以走大門；他們必須在路口想來必有持長槍的軍人嚴格戒備的崗哨那裡，經過登記、確認與盤查，之後才能進入外圍的這第一重高牆，接著沿大約五公尺寬的路，直走約一百公尺，再經由專設的一片此時漆成綠色的鐵板門，左轉進入會客室，等候接見。如此沿途進來，路的左側，先是原為國防部軍法局的一層樓建築物（內曾設有專用於審訊軍人的一個小法庭和數間囚房，目前是園區的職務宿舍），然後才是緊鄰的屬於警備總部的這個軍法看守所建築物本體密閉的二層樓高牆；路的另一側，據說曾設有一道高度二公尺餘的圍牆，用以全面阻擋訪客的視線，不讓來者看見這整個軍法禁區其他空間的模樣與人員的走動，但這道牆已不知在哪個時期拆除了，目前，只留下不醒目的四、五公尺長度。

這條接見之路，對來此接見的人，尤其對那些親屬而言，必然就是一條交雜著憂愁、無告、恐懼和怨恨的深深折磨著人心的路。是隔絕的路，不捨的路；是不能理解的路，也是不能諒解的路。這條路上，在關押過至少千名政治犯的二十多年期間，必然曾積存過不少的淚水與啜泣的聲音。

起初幾次我走這條路進入園區時，除了難免如此揣測這些家屬親友的種種心情之外，也會不時生起些許疑問。最常的是我會想到，我也是來接見來會面的嗎？跟四十幾年前曾經在這裡住了三年多的年輕的自己會面，跟七〇年代和我一起囚禁在這裡的許多同窗朋友會面，甚至於跟不曾囚禁在這裡，但人數更多、經歷更為慘烈血腥的五〇、六〇年代受難者前輩們會面，跟一段曾經完全不能聞問、長期被禁錮被畏懼的歷史會面。是這樣子的嗎？那麼，會面時，我要說什麼，可以說什麼呢？而他們，包括年輕的我、我的同窗好友、我的前輩，以及不處理個人遭遇、不在意個人內心吶喊、無所謂良心的、大敘事的歷史，會跟我說什麼話？

走在這條接見之路上，我也曾反問自己，我是回來尋找我在這裡曾經遺落甚或失去的什麼東西嗎？或者，我是來憑弔一段傷痛的過往，自憐自嘆，耽溺於自舔傷口的？

或者，我是來療傷的？

或者我來，是因為，終於，有了哀悼過往創傷的能力與勇氣，並且可以進而同時認肯一些東西？

◆◇◆

景美看守所鐵網大門外的那個圓形水池中央，用洗了細石的水泥板柱撐起的平台上，坐了一隻傳說中號稱為神獸的獬豸。這隻純屬幻想出來的動物塑像，造型奇特如小獅子，身形矮壯，軀體漆成赭黃，約為身軀一半大小的整顆頭連著背部的鬃毛到尾巴，大致上原本應該就是寶藍色的，兩隻眼睛圓滾滾，白牙從嘴角兩邊伸出，頭頂上單獨一支微向下彎的紅色觸角，腳邊還擺了一個不知其深意的紅色葫蘆。雖然所有的這些顏色已因年久月深而顯得斑駁了，而且可能因水池噴水的關係而處處有著水紋的痕跡，但牠整體的樣子滄桑卻堅定，頗似有一些威儀。最特別的是，牠的頭部昂然向右轉了大約一百二十度，兩眼炯炯，瞪視遠方。

這獬豸，據說喜歡住在水邊，見到人們紛爭時，就會用牠的獨角抵觸不正直不講道理的一方，也因此牠是明辨是非曲直與善惡，公平地主持正義的象徵。

這獬豸歪著頭所瞪視的方向，正是這條所謂接見之路的入口。這怪獸要對遠來接見的受難者親友嚴正表明的是，這裡沒有冤屈，中華民國這個警備總部軍法機關裡所有懲罰的判定和執行，都恰如其分；你們來這裡接見的親友，被逮捕被拷問被判刑被囚禁被槍斃，都罪有應得。

據說，安坑的軍人監獄裡，也有一隻這樣的動物。在許多曾監禁於此的政治受難者的回憶裡，這個監獄環境惡劣，經常刻意凌虐人，惡名昭彰。這也是一九五三年所謂獄中再叛亂案涉案者從綠島被遣送回來關押的地方。後來，在蔣介石的干預下，其中十四人，被判處死刑。

景美園區裡這隻看似並不匠氣的獬豸，是原為水果商販的受難者林池設計和製作的。當這個看守所於一九六八年啟用時，在五〇年代被捕時才二十六歲就被判刑十五年然後隨著移監到這裡的他，是以怎麼樣的心情在創作這個作品的？而當年的那些所謂的執法人員，包括軍事檢察官、軍法官和獄吏，每天在這裡出入，看到這隻獸，是不是曾經至少有過一次，覺得難為情的時候？

園區的導覽員大都會為來訪的遊客解說這隻獬豸的來歷和意涵，但我經常看到，許多遊客更有興趣的是水池裡的那兩隻烏龜和一些小魚。烏龜有時爬到露出水面的空心磚上吹風或曬太陽。有些年輕的來客，尤其是小朋友們，常會趴在池邊看烏龜談烏龜的事。獅豸則仍然一直凝望著遠方。

我也曾幾次站在水池邊，跟著牠的目光望向遠方，後來回頭時才終於意識到，乍看儼然若有神的這隻獸，原來，在現實裡是不存在的。

我被囚禁在這裡的時候，曾經因提審而幾次進出看守所的大門，但是現在我卻根本想不起來曾看過這個水池和這隻獅豸。

◆◇◆

那第一天被裁定收押以及之後大概半年裡，在純形式化的訴訟過程中，兩次或三次被傳喚進入軍事法庭時，當我站在被告席上，都會看到所謂的軍事檢察官、書記官和軍法官，從我面前左後方的一個小門走進來。我當時以為，那個門的後面可能就是他們的辦公室。

並非如此。

如今我才發現，這個稱為軍事法庭的建築物，原來竟然是孤立存在的。而且只是個小小的方盒子形狀的水泥屋，占地約僅二十餘坪。但是，這個小盒子屋卻威力無邊；從一九六八年整個軍法處連同軍法看守所自台北市青島東路三號搬遷到這裡直至一九八七年解除戒嚴的二十年當中，上千人往後人生樣貌和內容的扭曲，大都是在這座屋子裡裁定的。（目前這個法庭的內部格局是分隔為三個房間，掛在房門外的牌子分別寫著軍事偵查庭偵一庭、第四法庭和第五法庭。那麼，必然曾經有第一、二、三法庭存在的吧，但由於時空的變遷，不管它們曾經存在何處，如今都已不見了；審判美麗島事件的那個位於營區原來入口旁的大法庭，雖然名為第一法庭，卻是在較晚期的一九七七年建造的。）

現在，這個軍事法庭的門前種有一些花草，以及顯然是移植來的兩株入冬之後開滿鮮豔紅花的老茶樹和兩株細葉或柔黃或嫩綠的澳洲茶樹，好像極力在為這個法庭粉飾妝點，變化氣質。起初每次看到，我總有些錯愕，覺得這樣的美化很礙眼，像是在掩人耳目，其實沒有任何情趣或品味可言。這棟房屋看起來仍然顯得僵硬呆板，令人生厭。

我曾好幾次繞著它的外圍走幾圈。背面確實有一個小門。門邊還放了並排的三個垃圾箱。但根本沒有什麼我以為的辦公室。甚至這屋後附近目前也看不到任何類似於可能用來辦公行政或開會的建築物。以前也許有吧。但我仍一直很納悶，那個軍事法律系統裡面的那些官員們，是從什麼地方走進這個法庭，而在每次審訊完畢之後，走出這個小小的後門，又去了哪裡？是在什麼所在辦理公務、討論我們的案情，並且擬定起訴書和判決書的？他們的上級和部屬是怎麼樣的人？這是一個怎麼樣的運作系統，是誰在發號施令、操縱和管控？誰是最後的裁決者？他們經常必須面對我們這些他們心目中的叛亂犯，並且定我們的罪，決定我們每個人必須被囚禁多少歲月，甚至是生死，他們的內心是否曾有過怎樣的遲疑或掙扎？他們真的是擔任維護社會正義、代表公益的法律人嗎？他們自認為是這樣的角色嗎？他們真的夠格嗎？和我們這種被他們起訴和判決的人相較起來，他們的生命，曾有比我們光彩、正直、夠格當一個人？

我總不免有一大堆疑問。

◆◇◆

軍事法庭北側牆壁的外面，橫排著「公正廉明」四個字，字是特別用心以浮雕的方式凸顯出來的，而且是莊重的隸書體，每個字大約一米四方，全漆成鮮明的紅色，襯著淺藍的牆面更是耀眼。而在這四個字的正中央，是想來必然代表著軍法系統的一個更為巨大的徽誌，一個設計得左右完全對稱的象徵圖示，其中有梅花，有三個相扣的圓圈，有植物的葉子，有基座，以及天平。有黃色、綠色、紅色和灰色。

「公正廉明」這四個字，似乎既概括了司法倫理的規範，也表明了對司法者品德操守的要求，但是，我關在這裡三年多，卻從未見到這個鮮明而嚴正的宣示、昭告或者說標語。被收押的第一天，我坐在警備車的後座從這個軍法營區的大門進來之後，驚疑惶惑間，就直接被帶入了法庭；三年多之後從這個看守所移監到土城的所謂仁愛教育實驗所去接受感化教育時，則是和幾個獄友一起坐車，背對著它離開的。我第一次真正見識到這幾個似乎正氣凜然的大字，必須等到一九八〇年三月間連續九天的所謂美麗島事件大審判時。那時候，我出獄也已三年多，卻還在仍不很熟悉且難以進入的社會裡艱苦浮沉。那好幾天我緊緊盯著的電視畫面裡，這大剌剌的四個字，這面牆，以及這一次審判所使用的第一法庭，以及那幾個被押解著進入法庭的所謂暴徒們，那些押解他／她們的憲兵，還有擁擠在入口大門到法庭之間的人，包括媒體記者和可能是獲准來旁聽的人權團體代表，對我而言，都是有如奇幻夢境裡很不真實的紛亂景致。所有的這些畫面，竟然可以破天荒地出現在電視上，出現在所有人民的眼前，讓人們看見，是根本難以想像的。我在電視機前既焦慮又不免興奮地努力要去辨識這個所在，但是除了那個兩側各有一個崗哨的入口大門之外，我都沒有記憶。包括這四個極為刺目的大字。

從那幾天少數幾次短暫出現的電視畫面裡，從入口大門往內看，我才突然發現，標示著這四個大字的這面牆，其實整個的就如同舊時建築所稱的照壁，是用來阻擋視線的，阻擋外人窺見牆後的空間布局，以及，牆後種種不可告人的祕密。

◆◇◆

那些年代裡，真正可以見到這四個大字的，而且是每天必然要看到的，當然只有在這個軍法禁區裡上班的人，其中必然也包括負責起訴和決定我們罪責的軍事檢察官和軍法官。他們每天從這個禁區的大門進來（園區東邊較小的那個進入所謂接見之路的門，應該是專門給來接見的人使用的），鮮明地跳入眼裡的這四個字，對他們曾有什麼意思嗎？也許，他們認為，強權就是公理。或者，他們視而不見。或者，他們也知道，這根本就是騙人的東西。

《美茵河畔思索德國》一書裡，作者蔡慶樺提到，法蘭克福總檢察署大樓外牆上，懸掛著的是德國《基本法》第一條的文字——「人性尊嚴不可侵犯」。他說，這是由於總檢察長弗里茲・鮑爾的堅持。這位檢察總長在德國戰後全國公務系統都試圖掩蓋或遺忘納粹的歷史時，為了追求正義的落實，曾經長期憑著一己的力量堅持不懈地對抗整個國家，對抗社會大眾的沉默與欺騙。「他終生履行他做為一個真正法律人的義務，那義務並不是維持國家的正常運作，而是正義。他堅決認為，法律人服從的不是國家，而是憲法、真理與正義。鮑爾的名言：『我們無法在這塊土地上創造出天堂，可是我們每個人都能做些什麼，好讓這塊土地不致淪為地獄。』」

在我們這裡的軍法園區裡，所有的檢察官和法官們，卻似乎都一直忙著參與地獄的建造。繫獄十二年之後為了見證白色恐怖歷史而孜孜矻矻寫下上百萬字證言的陳英泰認為，「軍法審判官是蔣介石最大、最重要的幫凶」。他並且斷言，「他們經年累月，辦案、拿獎金，分贓所沒收的財產，累積財富的速度很快」。他早在白色恐怖的相關檔案還不被允許開放的年代裡，就努力蒐集了五〇年代青島東路軍法處五十六個軍法官的姓名，揭露在他所寫的書裡。

◆◇◆

現在，我終於可以站在這個判定我叛亂的法庭的側牆外，站在這個天平徽誌正中央的前面，在「公正」與「廉明」這兩個偉大詞彙之間，向前看，看著將近五十年前的那個午前時分，我憂心忡忡但又不知所措地被幾個面無表情的陌生人控制著坐在車上所進入的地方。我往後對人生的想像以及不再想像，很大部分就是從那個門口那裡正式開始的。那也是這個禁區存在的二十年當中上千名被拘押然後被定罪的政治受難者，他們生命走向的一個絕對分隔處。從那個地方開始，從那個時候開始，正常社會的大門對我們關閉了起來。此後許多年許多年，直到死亡，我們因此都成了不同以往的人。

然而如今，大約三十公尺外的那個入口，那個曾經隔斷了一切的大門，已經不存在了。我眼前所見到的是冒然橫亙矗立而起的一堵又厚又重的粗糙水泥牆。

事隔這麼多年之後，如今我站在這四個空洞字眼的前面往前看，似乎像是在望向諸多不義故事的來處。但其實卻又什麼也不是。已經沒有了那來處。一起沒有了的是對若干物事的追索與想像。現在，每次我站在這裡，看見的只有那堵水泥牆，牆外的上方斜橫而下的八線道秀朗橋的引道，引道上經常繁忙疾馳的各種車輛，以及車輛上方、道路另一側的一些建築物，再上面是天空。沉默的天空下，總有很多聲音。趕路的聲音、催促的聲音、警示的聲音、泯滅的聲音。時代與現實的聲音。

而我，彷彿就一個人陷落在這裡了，陷落在那個已經不見了的大門內。從那面牆到我站立的這面宣告了公正廉明價值的牆邊，包括幾十公尺的水泥路面、路旁的第一法庭、法庭前兩棵長得有些不良的龍柏，以及法庭旁一左一右那兩棵巨大蒼老、長了很多鬚根的榕樹，都寂寂安靜，對外面市街上的一切喧嚷，都漠然以對。我腳前不規則形狀的小水池——這必然也是後來才開闢的——裡的水，也經常平靜無波，秋來之後，少數幾片單薄的蓮花葉子在水面上睡著了，一些枯黃的落葉也在水上漂浮，或者就無聲地沉澱在水底，然後逐漸腐爛。

◆◇◆

第一法庭建於一九七七年，據說原址為籃球場。但以前是不是籃球場，跟我們這些被囚禁在看守所裡的人毫無關係；我們根本不可能進入和使用這個場地。

為了紀念美麗島事件四十周年，這個軍事法庭曾經用作展覽空間，為期將近一年。我幾次進入展間，跟隨著其中的文字和圖片，走過台灣民主運動直到事件發生前後大略的發展過程。我看到許多位從不曾被摧毀掉抗爭意志而至今仍令人敬重的著名人物，看到他們背後群眾的支持力量，但也看到歷史的記述為了簡潔和順暢而有很多省略，甚或疏忽和排除，疏忽和排除掉了一些曾和這些抗爭有成者一起走、一起奮鬥、一起受過很多苦的小人物。

我也在展出的一張雷震的照片前站立很久。

這一位外省人，在一九四九年十月隨著國民黨政府撤退來到台灣之後，立即就在年底和一些朋友創刊並發行《自由中國》雜誌，在這個所謂台灣第二波民主運動初期，匯聚了若干外省籍的自由主義知識分子，對蔣介石的威權獨裁提出言論挑戰，並且在一九六〇年積極結合具有社會基礎的本土政治人物，試圖成立反對黨，於是九月被捕，罪名是包庇匪諜。蔣介石明確指示，雷震的刑期不得少於十年。他也確實在十年的徒刑期滿後才出獄。

特別吸引我的這張照片，拍攝於一九六〇年十月雷震步入當年台北市青島東路保安司令部的軍事法庭時。照片裡，他那滿臉的笑容，很純真，很燦爛，很自在，好像他根本不是要去接受審判，而是獨自要出發去遠方某個美麗的地方旅行或探險，在離別之際跟所有的親友作愉快的道別，並且承諾說必然會帶一些珍貴的東西回來。

站在雷震的這張照片前，我也才想起，大約就是從六〇年前後開始的，年少的我初初張開好奇的眼睛，渴切地張望著周遭的世界，並且也好像隱約在尋找著怎麼樣的生命典範時，他和他的一些同志們，包括所謂的「五龍一鳳」，他們不效勞權勢，甚至批判和對抗權勢之壓迫的主張和行動，有一長段時期，曾經是我和我的一些同學們一起排路隊，從火車站走四十五分鐘到學校或是從學校走到車站，沿路聊天時喜歡追蹤的話題。那時候，他們似乎都逐漸成了我們崇拜的傳奇人物。那時候，他們的種種言行常讓我聯想到學校師長所說的正直、勇敢、人格者、做一個堂堂正正的人之類的詞句，並且用來理解書本裡所謂「士不可不弘毅，任重而道遠」的意思。

◆◇◆

第一法庭法官席背後的牆後面，是一間稱為評議室的小房間。我最初看到寫著這三個字的門牌時，頗感納悶，不解，後來查閱網路上的解釋之後，卻又覺得十分可疑，甚至可笑。所謂評議制度，本意是要讓負責審判的法官們根據檢察官和被告雙方的陳詞以及客觀的證據，公正地討論和釐清案情，然後共同決定案件的裁判結果。然而，我極為懷疑的是，真的有這種事嗎？在這個房間，曾經真的容許這樣的事情發生？而那些軍法官們，坐在這裡面，是否曾經有過要針對案件事實和證據去作評議的良心和勇氣，或者只能根據命令與服從的威權守則聽命辦事，或盡量要揣摩上意而已？

目前這個評議室長期展示著美麗島事件審理的九天期間，報紙相關報導的放大掃描護貝版本，總共三十幾頁，其中的二十四頁全部是整版逐字逐句刊登了起訴書、軍法官和被告雙方在法庭裡的論辯對答，以及八名被告的最後陳述。我還記得，那幾天，我每天買兩份時報，而在抽掉其中無關緊要的版面之後，將一份拿來閱讀，從頭到尾一字不漏地讀，而且一天裡很掛心地讀好幾回，每次都讀得心情激烈起伏。另一份，仔細摺疊好，留存起來，像是為了想要留下這些難得的關鍵性的歷史見證，留下一些可貴的精神力量，尤其是這些不屈服的戰鬥者對於台灣民主自由的夢想和他們最後遺言式的叮嚀。啊，訣別的遺言。陳菊是這麼說的：「如果能夠選擇為台灣坐牢，無所畏懼，這是你家庭的光榮。」

那幾天裡，我雖然經常為這些被告擔憂，但似乎也不是很擔憂，甚至有時毋寧是既興奮又喜悅的。我確信，威權正在開始敗退，而且勢必從此加速敗退。國民黨政府四十多年來第一次被迫公開審判這些所謂的叛亂犯，媒體可以幾乎鉅細靡遺地報導，包括另外的三十八人被移轉去接受司法審判，這些都是台灣政治史上未曾有過的一次非常重大的突破，意義非凡。我知道，這絕對不是因為蔣經國開明，而是由於嚴峻的內外形勢所逼。

我也確信，接受軍事審判的八名被告，雖然以《懲治叛亂條例》二條一唯一死刑的罪名起訴，但他／她們絕對不至於被處死。統治當局不敢了。他們被迫必須有所收斂，不能再像以前那樣為所欲為了。

當時我曾想到，從某個角度而言，就作為政治犯而言，和過去長時期裡許許多多無人聞問、無聲無息地被折磨、被監禁、被槍斃的受難者前輩相較起來，美麗島事件被捕的人，受到整個社會這麼多的矚目和關注，並且也因此實際大大地鼓動了風潮，這不只是幸運，甚至是幸福的。

於是，大約就在庭訊結束的三月底，我開始放心地試著動筆寫下原題為

〈獄中書〉的第一篇散文。

最近這一年多，我每次來這個評議室，都會把這三十幾頁常被參觀者翻閱得有些散亂的護貝報紙重新整理好，按著日期疊放整齊，彷彿就是在整理著我當年刻意留存而如今已不見了的那一疊報紙。

◆◇◆

景美這個全稱為台灣警備總司令部軍法處的營區大門入口，之所以消失不見，而被厚重的水泥牆所取代，是因為建造了所謂「入口意象」的關係。那是二〇〇七年中央政權早已轉移至民主進步黨手上的時期。據說，當時建構這個美名為「意象」的動機，是為了能有一個醒目的地標。一九八七年通車的秀朗橋，大幅增長又加寬，高出地面許多的東端引道更是逼近到這個景美園區的範圍旁，既擠壓了園區臨路的空間，也近乎把園區的面貌遮蔽了起來，變成不明顯甚至是被忽視的存在。為了引人關注，關注到這個不義的遺址和黑暗的過去，有人就動腦筋設計和建造了這個有如公共藝術品的地景。當時管轄這個園區的文化建設委員會，必然曾為了這項建設挹注不少經費。

這個從戶外連結到園區內、占地頗廣的造景，確實有一些創意。為了表達禁錮、壓迫、阻隔和解放，以及威權解構之類的意思，外表刻意不經抹平甚或施加斬鑿的巨大水泥體，厚薄不一（厚的甚至達二公尺以上），高低互見，參差錯落，時而筆直時而傾斜，或單獨矗立，或並行，或相連交叉，或大力衝撞原來是高等軍事法院檢察署的舊建物（這個威權時代的辦公室，也一併整合入「意象」裡，變成為由鋼骨和清水模俐落構成的行政中心，風格簡約而時髦；改建後的這個行政中心，確實也曾使用一段時期，但也早已因空間不足而移作他途），或者斜斜穿透過這棟建築物的下方，或者乾脆就沉重地直接壓跨過它的屋頂，然後進入園區，再以不同的角度和方向，繼續轉折和變化，終而延伸為拔地而起的兩面高約五公尺、長度約二十公尺的龐然巨牆，這兩面牆並列對峙，地面間距只一公尺多，但因其中一側的牆體故意微傾向內，上方透空成為一線天的部分因而更顯狹窄。那上面是少數幾根橫刺而出的鐵條、鐵條折成的鴿子，以及一小段懸空跨接而讓人感到壓迫和威脅的水泥板塊。

這整個設計，風格鮮明、獨特，有如一種暴力美學趣味的呈現。一種令人有著些許害怕的美。卻也大大美化了害怕。

同時，這個設計，更也永遠無可挽回地毀掉了原本的地貌，毀掉了這個重要的歷史遺址，包括那個曾經長期存在、吞噬了我們許多人生命歲月的大門入口。

而這個費心籌謀、構思並建設起來的或許有著什麼深奧意涵的「意象」的新入口，經過不到十五年，現在，卻已經不再是這個園區的主要入口，以後也不太可能是。

為了想要觀看這「入口意象」的整個面貌，我曾幾次走到秀朗橋上，小心翼翼地站在很窄的作為人行道和腳踏車道的地方，仔細辨識。但其實也只能見到一些局部而已。各種車輛不停地從我身旁轟轟而過。

我在這個根本上屬於裝飾性的公共藝術品附近漫步，因此偶爾會聽見時間對權力、對人的若干作為，嘲諷的笑聲。

然而，若以為所有的景物，會長時間維持本來曾有的形貌，或許也未免太過於天真。

◆◇◆

白色恐怖景美紀念園區裡，人們習稱為人權紀念碑的這個設置，形式有如一長排攤展開來、用鐵架撐起的布告欄，欄位上是僵固有序地擠塞在一起的一系列名單，每個人的姓名，一概只占有三公分乘以十公分小小一塊方形黑色岩石的位置，有如一般職章的格式。排列在最前面的是一九四八至一九八一年間被槍決的一千一百六十五位受難者，名單依被捕的年份先後排列，名牌上的數字是入獄到執行死刑年（其中，有許多人的生命在一年內就被匆促結束了，譬如排名最前面的澎湖七一三事件裡被羅織為匪諜的兩位校長和五位學生；一九四九至一九五四這六年間，是最慘烈的時期，在這段期間被捕而後遭到槍決者，超過一千人；其中，一九五〇和五一更是殺紅了眼的兩年，這兩年間的入獄者有將近六百人死於新店溪畔幾處荒涼的刑場，遂行血祭的震懾儀式）。接著的是被判決有期徒刑和無期徒刑，倖免於死的人。這一部分的名單，也是按入獄年分然後再依姓氏筆畫順序排列，方形章上刻了姓名和刑期起迄年，其中，被判無期徒刑者的小方碑則稍微凸出，以作識別。

這些名單所組成的所謂紀念碑，先是緊靠著「入口意象」人造地景中那兩面高聳夾峙的水泥牆下的一側延伸，而在如此羅列了將近兩千五百位受難者之後，當一九五一這一年落落長的名單還沒結束時，改從牆面中間位置的一個開口處往外轉折而出，接著再沿著一座淺淺的水池邊緣繼續排列和前行，於是來到一九六六年，總共又展示了大約三千五百個人的姓名，然後又順著水池的形狀再直轉一個彎，直到一九九〇年。

這些名牌是二〇一五年增設的。它利用原有存在多年的所謂「入口意象」

的牆體與空間，在其中架設、延展與穿越，既獨立存在又相互襯托，兩者甚至有如成為一體，確實有一些巧思。然而卻也由於是在舊物上作新增，為了遷就現狀，這個紀念碑的設施因此頗有若干勉強和苟且敷衍處：名牌太小；兩面高牆夾峙的部分，光線稍嫌不足，尤其天氣陰暗時，辨識姓名有些辛苦，而且空間窄促，若是有人放慢腳步瀏覽名牌，甚或駐足尋找某人的名字，其他人要通過時，不免都須彼此欠身才行。

更令人納悶的是，這個所謂的人權紀念碑其實沒有名稱標示，沒有碑文，沒有任何隻字片語的說明。也因此，這全部的名單，似乎只是一個又一個孤獨無依而空洞的姓名。來園區的參觀者，初看到這些職章式的名單如此格式化的綿延排列，心中想必不免會有些許困惑遲疑的吧。

而設立於二〇一五年的這個紀念碑，列出來的受難者人數，不到八千，竟然少於綠島人權紀念碑在二〇〇九年所增補出來的總共八二九六名。這也是很可奇怪的。

◆◇◆

紀念碑尾端這最後一排名單的前面，有一堵舊圍牆，牆下的基座原非為了座位而設置的，但它的高度和寬度卻剛好很適合讓人坐下來。我有時會獨自在這裡坐很久。

我坐著，時而望向稍微一個距離外那高聳的整面大牆，想像牆後面密密麻麻好像沒完沒了的幾千個姓名，然後看見這姓名的隊伍終於穿牆而出，來到陽光可以經常直接照見的地方，然後經過我的眼前，隨後名單漸顯稀落，雖也仍被硬撐著繼續拖拉前行，但已有如強弩之末，氣數已衰，以至於最後不得不倉促告終。

這些延伸的姓名，藉著這些實體的石碑，把過去不遠的四十多年時間濃縮並固定了下來，同時性地展示在眼前，似在確認這麼多人的死亡，這麼多人失去或五年或十年或三十四年的人身自由，都是這四十多年間實實在在連續不斷發生的事，是一個關於壓迫和傷害的連續體，一個有如世界曾經長期無可奈何地遍體創傷但只能顫抖著吞忍存在的真確模樣。

我的名字就在我眼前一九七二這一年總共一〇四人的欄位中，和一些我在此地看守所裡認識的朋友靠在一起。刁德善。余子超。吳俊宏。沈寧宜。林擎天。林守一。洪惟仁。胡炎漢。夏湘黎。張星戈。張建章。程朱鑫。蔡彥。鄧伯宸。蕭文青。鍾俊隆……（啊，都是很好的名字，也都是我記憶裡很好的人。）以及其他更多我未曾謀面的。其中絕大多數，我更不知道他們當時和後來的遭遇。但我們全部都成了小方章上的名字，和其他年代的列名者一起，成為被認定為叛亂犯，或者被稱為政治犯或是政治受難者，當中的一分子。我們所有的人，一起以微斜的角度仰躺著，一直無言地看著天空。

一位無人可反對的領袖來了，領袖走過去了，搜尋並辨認出了許多他認為對他的統治欲望和威信具有威脅的人，那些他認為企圖挑戰他不受制衡之權力的人。他們是陰謀叛亂甚或已著手實施叛亂的匪徒，是暗中潛伏的匪諜，是曾經的附匪分子，是為匪宣傳者，或者知匪不報的人。他們都是和萬惡不赦的匪黨叛黨有關的人，他們因此都必須受到相應的嚴厲懲處，包括槍決。

他們經常是一案一案整批數的人，但他們也是一個一個不同的個別且特別的人。這些人，數量龐大，身分複雜，其中有公務人員，有軍人，有工人，有農民；有教師，有學生；有讀書人，有完全不識字的；有地下共產黨員，有民族獨立運動者，有鼓吹民主的人士，有不滿現實的異議分子，有統治體系內部整肅的牽連者，有什麼都不曾思想的人；有「紅帽子」，有「白帽子」，有不紅不白或無關顏色的；有真正的抗爭者，有莫名所以被羅織罪名者；有堅持信念戰鬥到底的英雄，有所謂的自新者甚或運用犯；有烈士，有冤魂……。這些人，來自天南地北，分別受害於不同的時期，他們所涉案件的性質、或有的政治立場或沒有立場、刑訊過程，以及判決結果，也都極其分歧。但如今他們被集合在這裡，展示在這裡，成為一體紀念的對象。

所謂紀念，應該就是要保存對人、對事件之記憶的。那麼，對於這麼多來歷各自有別的人，該當要保存的，是怎麼樣的記憶？如何記憶？是關於一些人的愛與抗爭，他們的正直與犧牲，或者關於他們孤獨忍受的虐待、折磨、憂傷，甚至死亡，等等？是肯定他們對於政治理想的追尋、勇氣和無私付出，尊崇他們作為爭取民主、自由、人權的先行者角色，或者哀悼他們的不幸、受難，唏噓於他們的冤錯假案？

這個沒有正式稱呼的紀念碑所展示的，雖然是這些亡者和傷者的姓名，但這個肅殺的連續體更也透露了他們之所以集合在這裡的緣由和他們先後經歷的一個歷史時期。因此，所謂紀念或者記憶，其對象不只是小石碑上有名有姓的這些人，更也是一個時代，台灣曾經走過的一個威權獨裁時代。

因此，它更恰當的稱呼，似乎應該是，台灣白色恐怖紀念碑。或者，無人權紀念碑。

這個紀念碑的設置，是為時相當晚的。這也正是歷史性創傷記憶的特徵；其中涉及回憶的許多禁忌、限制和遲疑，也包括了歷史詮釋競爭性的拉扯和顧慮。它之終於可以出現在軍法處這個不光榮的遺址裡，或許正意味著確實有人想要對一些缺失有所修補的意思：修補記憶，修補傷痕，修補正義、公理與價值。

這些刻著姓名的小方碑，集合展示在公眾面前，代表了原本亟欲掩藏隱匿的傷痕記憶終於得到初步的承認，承認這些人，承認一段過往。紀念，讓人們有機會回顧從而記得曾經發生什麼事，並且從按著時序排列的石碑連續體知道時代必然是會改變的，知道今日的台灣如何出現，以及應該要如何走下去。紀念，讓這些人和這段過往有可能進入人們的集體記憶裡，成為人們歷史意識的一部分。紀念、記憶或緬懷，不只是思念而已，更也是讓人面對自己，並且思索。這個紀念碑展示在這個原為禁區的公共空間裡，不是因為不願意走出過去，而是為了未來一個可以公共參與和實踐的更好社會。

一些來園區的參觀者從這些紀念碑旁邊緩緩走過，或者停下腳步，好奇地看著名牌上誰的名字，或且和一起來的同伴低聲交談。有一次，一位從國外回來的中年婦人要我幫忙尋找她舅舅的姓名在哪裡。找到之後，她注視和觸摸那名字很久，並且哽咽地說起母親家族的故事、遭遇以及曾有的害怕和痛恨。她經過長途的旅行，帶著自己的疑惑、感情和思想，來到紀念碑的名牌前，她讓名牌上的舅舅超越死亡，活了過來。

天氣好的時候，也經常可以看到高牆和紀念碑後段部分的倒影，和雲影天光一起映照在栽植了數小盆睡蓮的水池裡。好幾種鳥類常會出現在這附近。有一次我看見單獨一隻小白鷺在水池裡佇立很久，偶爾緩慢舉步，後來則飛到了紀念碑的橫架上，然後飛往更高的大樟樹裡面，沒多久又再度落腳在巨大的高牆上方，在那裡安心地四下張望。陣風吹過，水面微微動盪，樹葉似乎輕聲地沙沙作響。

我喜歡一個人坐在這裡。當我坐在這裡，我跟眼前的紀念碑和高牆之間，好像有了一個為憑弔預留同時也可以緩解悲傷的空間和距離。

◆◇◆

人權紀念碑長長的名單從高牆的一側轉折而出，牆的另一側，則是當年建造「入口意象」時，一起被改造出來的一個戶外集會空間，名為白鴿廣場。鴿子總共十一隻，用鐵條彎折扭曲而成，輪廓映著清水模的水泥牆或天空，透露出每一隻都是展翅奮飛的姿勢。然而每一隻鴿子，卻也分別被硬直的鐵條從不同的角度插在高聳厚重而且巨大的水泥體高處，似乎哪裡也去不了。一種既輕盈又沉重、既奔放又束縛的張力與衝突。

許多遊客喜歡行走在兩旁夾峙而讓人心生逼迫感的高牆間，並且從各個不同角度頻頻拍照，拍攝各種形狀線條光線與影子，捕捉這個似乎頗有一些現代感的地景藝術品的力與美或是他們各自從中感受到的不同意涵。

我有時會在這個由原來的籃球場改建的水泥地廣場散步。形狀互異的好幾個水池，高大的樟樹，蒲葵，整排修剪齊整的細葉杜鵑，還有水池當中栽植在圓形水泥地中間的黃金椰子樹，在廣場周圍。麻雀在地上走，野鴿子在遠方某處叫喚。樹葉偶爾飄落。水從池邊埋設的水管裡流衝出來，聲音如打嗝。池面微微蕩漾，光線在水面上靜靜閃爍。

即使軍事法庭和受難者紀念碑就在旁邊，但也仍有這些美麗事物的存在。有時，也會有一些孩童在這小廣場裡走動或嬉戲甚至放肆奔跑和喧鬧。這很好。歷史就在旁邊，傷痛就在旁邊，黑暗就在旁邊，這些沒有過去，但他們不應該再去背負這些沉重而荒寒的東西。這些東西只應該慢慢內化成他們或許將會願意尊重的記憶。

◆◇◆

一月中旬一波帶著水氣的東北季風到來時，天氣整天陰沉，細雨時而隨風飄在白鴿廣場的幾棵大樹間，雨滴時有時無，從「歷劫的百合」展廳入口外的遮簷落下來。這樣的日子，幾乎不見遊客。展廳對開的門只打開一扇，玄關內靜悄悄。用白色壓克力板裁剪成展翅飛翔狀的鴿子（啊，用的仍然是鴿子的意象），總共八隻，有大有小，背部全被尼龍線穿繫著，吊掛在天花板下，一直無聲地在頭頂上方微微晃蕩或盤旋，看起來很無可奈何又十分寂寞的樣子。

這些鴿子，就是波赫士引用的一首詩中那些代表了光明、音樂和鮮花的精靈，那些想像中美麗的鴿子嗎？

我站在玄關口，看著面前擋板上寫的類似引言或概要的說明文字。這個在過去的幾個不同時期都用來作為士兵營舍的大房間，現在常態展出的是園區的歷史和史料文物。其中使用了大量的說明文字和照片，還有表格，以及影音的播放，呈現景美軍法處這個在白色恐怖後期擔任拘押、審判和代監執行等任務的歷史場域，在前後總共四十年的時間裡，在功能上曾有的變換，以及政治犯從拘押到槍斃或服刑的處置流程，以及曾經在這裡發生過的涉及政治犯國際救援的事，以及對於申請賠償和要求平反的提醒，等等。甚至於還擺放了一個綠島新生訓導處的模型地圖。甚至還隔出一間放映室，每天定時反覆播放「世界人權宣言三十條」，以及出生六十八天即隨保外生產七十五天的母親回到獄中，並且跟著坐牢五年的洪維健導演記錄自身獄裡獄外經歷的《暗夜哭聲》。

時間太長，人太多，每個人的故事太深沉，案件太多樣，想要表達的意思太廣泛，這個展間，總共粗分十幾個單元小主題，因此顯得過於侷促狹小而擁擠，甚或雜亂。

要較為全面說出這麼長久而龐大的傷痛，必然需要更大的空間。

譬如說，簡介台灣白色恐怖的單元中所集合在一起的那些翻拍的圖像就顯得很不得已，很無奈。少數三位不同時期受難者的版畫、某幾個人年輕的相片和開釋證明書，以及綠島十三中隊公墓，以及雷震的《自由中國》雜誌，以及統治者的保密防諜標語、《民防手冊》、五〇年代若干機關發文緝捕各地潛逃殘餘分子的公文和一九五七年十二月台灣省保安司令部整肅成果統計表……。確實都是一些費力翻找得來的證物，具體而真實。這些散置在不同時空裡的證物，目前卻仍然只能以疏略而窘促的方式湊合在這裡，顯示的正就是真相追求的艱難。或許吧，目前，也只能但願這樣的集合，或許也可以相互激盪，成為一種刺激，刺激進入這個展間裡的人，對於那些曾經存在於現在視野和認知之外而曾經是我們前人的真實處境，我們曾經走過的一條如何控制人壓迫人的路，開始有所好奇、想像和思考。

已經不知道是第幾次我來這裡參觀了，但站在入口處，從隔板後面三處設在不同方位傳來的電視螢幕裡的說話聲音，仍然一時間讓我誤以為室內有參觀的人在熱烈交談。其實都不是交談，而只是個別人物對著鏡頭外某位採訪者的答話。一些人在不同的角落，在電視螢幕裡，說著被剪輯出來的片段話語，包括了對堅貞愛情的訴說。也因為被剪輯，他們原本就不可能行雲流水般說出來的曾有的遭遇或心情，更顯得顛簸與破碎。而且幾乎都屬於訴苦的性質。都是一些悽慘酸苦的事。但就是完全沒有統治者的告白或辯解。

這是一個話語紛雜、交相迴盪著斑駁之時光記憶的空間。

◆◇◆

我試著將我小小的存在，放入歷史裡來觀看。

中國國民黨和中國共產黨的內戰、第二次世界大戰、韓戰，以及美蘇為首集結對峙的冷戰，這四場戰爭關係著台灣的命運。

（包括也或多或少關係著我的命運。）

一九四五年八月十五日，日本在二戰中敗北而宣告投降。十月十七日，國民政府第一次派遣一萬兩千名軍人和兩百多名官員抵達台灣。這些軍人紀律渙散，儀容不整，這些官員則立即全面占據了公部門內幾乎所有重要的位置，所作所為暴露的卻是無能和貪腐，而本地的台灣人則大抵只能被歧視，被視為他者，在任用機會、職務高低和薪資待遇上，被嚴重地差別對待。再加上經濟惡化、通貨膨脹、失業攀升、治安敗壞，以及文化的明顯差異，社會問題叢生，顯得失序和混亂。這些，都讓人極度失望和不滿。人民原本對「祖國」的想像和熱情期待迅速落空，轉為抑鬱和憤慨。官民之間的矛盾和族群之間的矛盾，都不斷地在悶悶積蓄和上升。

（我從小就經常聽到「狗去豬來」這個十分生動的比喻。）

十月二十五日，台灣的受降儀式在台北舉行，國民黨政府從此正式「接收」台灣。這一天，過去一直被宣揚為台灣光復節，有很長一段時期人們必須年年集會並敲鑼打鼓熱烈遊行慶祝，現在，有人認為這是台灣再淪陷的日子，台灣從此再次不由自主地被捲入另一段被脅迫的歷史。

（一九四六年一月十四日，我出生，出生在嘉義很鄉下的一個農村裡。父親二十歲，母親十八歲。之前，父親在高雄岡山當日本人的海軍工員，母親在日本人的嘉義戲院當售票員。之後，他們就在這個農村裡過一生。）

一月十七日，台灣省行政公署行政長官陳儀開始在全台灣抓「漢奸」，以「懲治漢奸」之名，展開對特定台灣人的逮捕行動。尤其是在日治時代任要職者，都須停止公職一至五年。

一九四七年二月二十八日，發生了史稱的二二八事件。一年多來人民心中積累的不滿，終於爆發開來，全面化為或溫和或激進的反抗行動。三月八日，國民黨政府由中國增派部隊登陸台灣，展開長達兩個多月的大規模逮捕與屠殺行動。林傳凱語：「軍人與特務帶著槍在島上流竄、在市街屠殺、將屍體棄置生活空間。」台灣這時期各個領域中優秀傑出的中壯代人才，尤其是政治菁英，以及各地方上有聲望受敬重的人，被大量消滅。

一九四八年五月十日，國民黨政府在南京公布《動員戡亂時期臨時條款》。這個條款在此後四十三年間經由四次修訂，使得中華民國的蔣總統和國會的民意代表成為終身職。

一九四九年四月六日，凌晨時分，軍人荷槍進入台灣大學和師範學院宿舍逮捕兩百多名學生，當局並勒令兩校即日起停課，習稱四六事件。

一九四九年五月十九日，蔣介石以中國國民黨總裁的身分來到台灣。隔天，台灣省主席兼台灣省警備總司令陳誠發布戒嚴令。從此，台灣戒嚴三十八年。戒嚴時期，人民涉嫌所謂的內亂外患罪，必須接受軍事審判。

六月二十一日，國民黨政府公布《懲治叛亂條例》。從此，台灣正式步入了長夜漫漫的「白色恐怖」。這個條例，直到一九九一年才廢止。

七月十三日，四、五千名山東流亡學生在澎湖因被強制編兵而有所鼓譟，兩名學生被刺刀所傷。三個多月後，兩位校長和五位學生因誣陷的匪諜之名遭到槍決。整個事件中，上百名師生因株連而被捕並移送內湖新生總隊和澎湖天后宮的新生隊接受感化，另有近三百人失蹤，是白色恐怖時期受害人數最多的冤案，而且全部是所謂的外省人。

（啊，澎湖。在這個事件發生的整整二十年後，一九六九年，對這個事件完全無知的我，在澎湖服預備軍官役。役期將屆大約一個月前，在主持的一次所謂「榮團會」的集會中因鼓勵全連的士兵說出心中對長官平時不當管教和部隊虛假的不滿批評而被記過，罪名是「公然煽動部隊，侮辱長官」。這個罪名從此如影隨形跟著我。很多年後，我才知道，在我剛任教的第一個星期，情治人員就已進入學校，交代校長要特別注意我的言行；在我被捕時，偵訊人員盤問我這件事情的經過，說我早有歧異和叛逆之心。）

一九四九年十二月七日，國民黨在與共產黨的四年內戰中終於完全潰敗之後，中央政府撤退來台。

一九五〇年三月一日，在中國自行辭退總統職位、「下野」一年多的蔣介石，這一天，在台北，又自行宣稱繼續行使總統職權。兩個多月後的五月十一日，他更信誓旦旦地大聲喊出「一年準備，兩年反攻，三年掃蕩，五年成功」的承諾。

六月十三日，國民黨政府公布《戡亂時期檢肅匪諜條例》。這個條例，也是直到一九九一年才廢止。

六月二十五日，韓戰爆發。兩天後，美國的第七艦隊駛入台灣海峽。美國將台灣納入體制對立的冷戰結構裡，並重新支持原欲放棄了的蔣政權。在政權可以確保的情況下，國民黨政府開始放膽大肆抓「匪諜」等「叛亂者」。台灣白色恐怖最為血腥的五〇年代，於焉開始。

（一九五一年九月，我入讀小學，開始接受體制教育。）

（一九七二年四月，我被逮捕，並依《懲治叛亂條例》，判刑七年。主要是因為我在教書的時候在課堂上稍微質疑和揶揄了蔣介石二十幾年前親口宣示的反攻、掃蕩，然後成功的承諾和誓言。）

◆◇◆

在看守所內的羈押區一年多，我先後住過兩間押房，先是收押之初短暫在樓下，後來可能是在起訴之前吧就被移往二樓的五十房，在這裡待了至少應該有一年。（但是到底在這兩間押房分別住了多久，我難以確定。我甚至想不起來我住樓下時曾與誰同房，除了對其中一人印象深刻而外；他在我被收押的第一天就鐵口直斷我的刑期，並且力促我儘快借書，隨著還熱心幫我填借書單，以及，購物單，買牙刷牙膏毛巾之類的生活必需品。）押區裡的人，絕大多數仍處於候審的階段，仍未定讞，有的甚至還沒起訴。大家雖然每天同處一室，卻都不太會深入談論自己的案情。好奇地相互打探的行為，更是少有。這甚至是一種禁忌。因為之前在偵訊期間備受拷問的經驗太恐怖了，每個人都戒慎恐懼地提防著碰到一個會打小報告甚或臥底的蟑螂爪耙子，同時也避免被懷疑是個蟑螂爪耙子。也因此，在押房裡，除非相處已久，彼此之間大都客氣有禮；有互相的關懷，但也保持著若干疏離。這裡不是一個適合展示或尋求友誼的地方。但也因此是一個逐漸扭曲了人性的地方，讓我們不輕易信任他人，經常存著些許戒心和疑慮，同時也自我封閉。

同房獄友之間，較常談起的是刑求的事。刑求都發生在被逮捕之後在調查局、情報局、保安處、警察局之類遍布全台灣各地的許多不同系統的情治機關接受偵訊的時期，都是為了逼你招供，以取得所謂的自白書。

我聽到的刑求手段無奇不有，匪夷所思。動不動就拳打腳踢，搧嘴巴，是最稀鬆平常的。極為殘酷狠毒的則包括：拔指甲，用牙籤或細針插入指甲縫，用原子筆或棍棒等硬物夾手指或腳板，用毛巾掩住鼻孔然後灌水灌辣椒水灌肥皂水或者灌汽油，全身脫光或躺或跪在冰塊上然後電風扇對著你吹，電線兩端插在牙齦裡或頭部兩側或身上的任何部位然後通電，以及所謂的揹寶劍、坐飛機，等等等。有時並不直接用刑，而是連續幾天幾夜輪流審訊，而且用強光一直照射你的臉，不讓你睡覺，或者還不讓你吃飯，或是只讓你三餐吃鹽水飯，甚且外加鹹鴨蛋；或是頭頂牆壁兩腳離壁一米讓你站立幾小時；或只是叫你跪著，或是脫光衣服在地上爬行；或是掏出你的生殖器，然後邊輕輕拍打邊說，趕快招認了吧，太太還年輕，不要被打壞了就沒有用了。

都是一些旨在製造痛苦，讓你身心崩潰，極其凌虐人極其羞辱人的事。

而就在這些嚴刑拷打當中，經常也會穿插著由扮演白臉的不同辦案人員，極其邪惡地利用你對人性的信任、對親人的愛和思念、對盡快逃離這場噩夢的天真幻想，或哄騙，或誘引，或示好施惠，或威脅恐嚇，肆意玩弄你，讓你配合著他們的意欲和需索，編造出所謂的犯罪自白書，因此或者牽扯並誣陷了朋友、同學，或者出賣了同志，甚至和他們一起沉淪，成為他們所謂的運用犯。

人身被控制在讓人完全不知其所在的祕密地方，生命的存在完全被否定，任由凌遲和侮辱，人的肉體和精神意志，是很難不會被打敗的。

我自己在兩次被偵訊時雖沒受酷刑對待，但當時已深刻體會到，落入特務的網羅裡，人命危弱如螻蟻，只能任人撥弄，這時在押房裡，每次聽著同房獄友說起他們的親身經歷或他們聽聞來的誰誰誰被萬般折磨的若干經過，總是感到極為震驚、難以置信、哀傷，以及無限害怕。

而，令人害怕，正就是極權統治的重要基礎。

許多年前開始寫作時，我最想寫的一本書是：《國民黨特務刑求的一百種方法》。

◆◇◆

傅柯說，「罪人在受刑時呻吟哀嚎，……恰恰是伸張正義的儀式。」那些特務如此伸張正義的同時，也彰顯了他們的權力，發洩了他們的恨意，並且從中取樂，以及，如陳英泰所說，辦案立功拿獎金或者還分享沒收的財產。他們被分派的職位讓他們有能力和權力，對人任意施加痛苦，同時獲得好處。

◆◇◆

對於刑求，柯斯勒的小說《黑色的烈日》裡一位人物說：「關於人越打越堅強的說法，純是謠言。人能夠抗拒任何生理壓力的說法是不切實際的。人的神經系統的抗拒力有著先天上的限制。……我被刑求時之所以沒有屈服，是因為我昏厥了。如果我再清醒一分鐘，我必定招供。這是體力的問題。」

一九五三年五月被捕、坐牢二十二年的郭振純，根據自身經驗，也認為，除了「強烈的求生意志，……可以克服巨大的壓力」之外，身體具有應對痛苦的內在保險機制，「肉體的痛苦若超過極限，就會昏厥過去，失去知覺」。他有三次難忘的被刑求記憶。被捕的第一天，在台南警察局，

「兩手兩腳四隻大拇指的指甲，都被硬拔下來」；後來有一次，人「被裝進布袋，……大概被帶到愛河邊……背脊被踹一腳，……就跌下去，一兩秒之後，才被拉上來」；第三次在台北保密局北所，他的「衣服被剝掉，像捆死豬那樣綁一綁，手被彎到後面腳也綁起來，抬到散步場……丟下。然後潑糖水。……全身被螞蟻叮，不只是痛而已；……整個人快發狂了，……全身顫抖抽筋。」

分別在一九五〇年和七六年兩度入獄、實際總共坐牢二十一年的陳明忠，則認為，「精神力的支持是最重要的，只要精神沒有崩潰，肉體上的痛苦是可以忍受的」。他第二次被捕時，在警備總部保安處經歷過每輪連續五天五夜、總共四輪、前後「整整三個月」的刑求。在第一輪完全不准睡覺的疲勞審問之後，第二輪開始，改變為「八個人刑求我一個，有時候幾種刑一起來。有的按手，用小棒夾手指、腳趾後再加力，同時兩個人用長棍子在兩腿上加力；有的通電，再一個人拿著汽油，等電通了，嘴巴張開了，就倒汽油下去……。」陳明忠曾因所謂的坐老虎凳之刑，「兩三個星期不能走路，也不能爬」，因牙籤插入指甲肉而「痛得小便都失禁」，因被捆成一束的鋼絲擊打背部和腿部而「脊椎給打到錯位」。但他都熬過來了。他體認到「置之死地而後生的意思」，並且堅定懷抱著類似於因義而受苦的覺悟。

比我年輕三歲、早我一年被捕入獄的陳欽生，則在飽受刑求的過程中，因深覺生不如死，曾三度試圖自殺不成。

調查局為了要構陷他是台南美國新聞處爆炸案的罪犯，在偵訊的兩個星期裡，先是連續五十小時不許吃飯、喝水、睡覺和上廁所，大小便因此都排泄在身上；被毒打到吐出血塊時，被逼著舔乾地上的血；四肢被綁，頭下腳上被倒吊起來，然後，鹽水從被毛巾捂住的嘴巴慢慢澆灌而下，於是鹽水也慢慢從眼睛、鼻子、耳朵流了出來（直至目前，他鼻子的一邊仍無嗅覺，耳朵和眼睛也不時會流出有異味的不明液體；出獄後雖曾數度就醫，但醫生說這已成痼疾，難以治癒）；用大頭針戳入指甲縫的同時，還用硬物夾壓手指……。

陳欽生被刑求的大致情節，我早從他的自傳裡得知，但直到最近，有一次，和他同台對一批來景美園區參觀的年輕學生講話，坐在身旁聽他親口述說著這些殘忍的往事，我仍深感哀傷，並且因此哽咽著幾乎無法接下來說話。

近幾年來，由於所謂促進轉型正義的關係，政府曾舉辦過好幾次「刑事有罪判決撤銷公告」的儀式，用以「平復司法不法」，「把有罪的標籤撕下來」，也對政治受難者頒發所謂的「恢復名譽證書」，「讓他們以清白之軀迎向餘生」。這一紙證書，我也收到了，但郵寄來的當下，我看過之後，就隨手把它丟入垃圾桶。我從不認為自己被關是因為犯了罪，是不名譽的（雖然我也不認為坐國民黨政府的政治牢，就自己而言，有什麼可以炫耀的榮光）。我也懷疑，政府在進行這兩項作為的時候，對於諸如郭振純的「全身顫抖抽筋」、陳明忠的小便失禁和脊椎錯位、陳欽生的舔乾血塊和如今眼耳仍會流出不明液體的後遺症，以及政大學生許席圖從二十二歲之後直至目前仍住在精神療養院裡的人生（二〇〇四年有人將回復名譽證書送至他手上），之類的等等等等，許許多多人所曾遭受的系統性的國家暴力的肉體摧殘和心靈重創，又真正了解多少呢？政府這兩項官僚作業，便宜行事，避重就輕，其本質其功能，大抵宛如舊日亡者入土時土公仔慣常唸誦的送行辭：「今嘛你的身軀攏總好了，無傷無痕，無病無煞，親像少年時欲去打拚。」

如果承認司法不法，那麼，為什麼沒有要去積極辨識、揭露，並處置不法的所謂司法者呢？

這是沙特短篇小說〈牆〉裡的一段文字：「如果有人來告訴我，說我可以安然回家，說他們已經饒了我的命，我還是會感到漠然；當一個人失去了永恆的想像時，幾小時或幾年的等待，對他來說是完全一樣的。」

◆◇◆

同房的這些仍在進行訴訟的人，談到野蠻的刑求時，也總會特別提及，種種偵訊機構的特務，在終於取得他們滿意的「自白書」，準備要將你移送到軍法處起訴和受審之時，必會恐嚇說，你若在法庭上翻供，若有必要，將會隨時把你帶回去再度接受偵訊，重新來一次拷問對待（如傅柯的《規訓與懲罰》所說：拷問所得的「實情」必須在法官面前以「自願」供認的形式再現）。同房的獄友也常會舉例說明，審判過程中，上訴之後往往不會被減刑，反而是加重刑度，以懲罰你不乖順的抵拒和反抗。

獄友間的這些提醒，一再流傳，近乎成為一種告誡，一種在我們打官司時必須慎重衡量的事，讓人左右為難——是要接受目前給定的罪狀然後請求開恩輕判，或是直言辯稱所謂的犯罪自白書都是情治單位刑求逼供或誘引欺騙之下的產物，然後冒險再被送回令人極度恐懼的原偵訊處所，甚至被加重判決呢？

也就是說，囚犯在法庭上的辯解和上訴的決定，都極具危險性，非但徒勞無用，而且在整個訴訟過程中經常都須擔驚受怕。

就如一九六九年在這個景美軍法處起訴和審判並且判決十二年徒刑的柏楊說的，「大多數政治犯的移送書，就等於軍事檢察官的起訴書，而軍事檢察官的起訴書，也等於軍事法庭的判決書」。他認為，就如黑社會的洗錢手法，軍事法庭的功能只是把屈打成招的黑箱作業合法化而已。他說：「如果只看筆錄，只看口供，每句話都是囚犯說的，事實上，每句話都是特務說的。」

在押房，我看過幾份不同獄友不同審級的判決書，其中最常出現的用詞是「空言狡展」和「殊不足採」。這兩個望似高深的文言詞彙，我起初看到時，常心生困惑，不解其真意，後來斷定，這其實只是隨便襲取的行話或黑話吧了，被一再套用，顯露的其實是軍法官們學養的貧乏和行事的怠惰。

我們絕大多數人因此也覺悟到，這裡的軍事法庭唯一的任務是定罪，我們的一切爭辯都在白費心思和力氣。這裡絕對不是追求司法正義的地方，不是讓人辯解或伸冤的。法律只是威權獨裁統治的操弄工具，是國家暴力的工具。在這裡，法律所體現的，唯有統治者的意志。這個所在，有進無出；人一旦被逮捕，就必然會被判刑，幾無例外。這種被懲罰的絕對性、確定性，正是威權統治所要展示的不容懷疑的恫嚇效果。專制體制的秩序就是這樣地靠恐怖來維繫的。

正因為我們不可能靠自己的辯解去影響裁決結果，而一切罪名的成立和刑期的多寡，都是由我們難以猜想和認知的藏在暗黑深處的什麼單位什麼人決定的，刑期才有所謂的行情。

然而雖說有所謂的行情，但這個行情也仍是由難以確知的什麼單位什麼人決定的，所以審判和上訴的過程，讓人有一再下墜的感覺，不知道何時才算是真正碰觸到地面。

我也因此想到我入獄那一天那法庭裡的那個書記官之所以敢肆無忌憚地、無聊懶散地打瞌睡，可能是因為他，以及那個明顯敷衍了事地在扮演著檢察官身分的另一個人，他們都深知自己只不過是工具性的角色，他們只能聽命行事，他們對他人的生死苦難，漫不經心，毫不在意，而且早已習以為常。而且，他們知道，你來到這裡，就插翅難飛了，他們根本不怕你看到他們廢然和墮落的模樣。

◆◇◆

我很後來很意外讀到的一份「刑事再審聲請狀」，讓我對國家暴力，以及對特務人員和整個軍法審判的違法亂紀，又多了一層新的認識。

提出這份聲請狀的人是馬名山，他以觸犯《懲治叛亂條例》二條一的罪名而在七五年入獄，八七年出獄，九七年提出這份聲請書。從入獄到耿耿於懷想要申冤，中間相隔二十二年。他在聲請狀裡，除了扼要而清楚地描述了一百四十三天的偵訊期間所歷經的六種酷刑逼供手段之外，讓我最為驚駭的是，他說，他在景美軍法處被判決之後，在申請覆判期間，「復受調查人員面會於看守所接待室，予以威脅、強迫申請人捨棄覆判，否則將聲請人借提調回調查局再予修理。於是聲請人在無奈之下，曾具狀捨棄覆判，至使本案判決確定」。

◆◇◆

我的官司猶未確定時，心底裡已大致接受了同房獄友們異口同聲所說的來到此處必然有進無出的經驗談；對於徒具形式、純屬極權統治工具的司法程序，我一再告訴自己，不要存有任何虛妄的期待（但我也仍努力提振精神，參考押房裡原有的一本《六法全書》，自己寫抗告書、答辯書之類的書狀）。正式起訴之後，我跟父母說，不必請律師辯護，判刑與否和刑期多寡，律師毫無作用。但母親在我初判七年刑期之後，深受打擊，憂傷，焦急，難以接受，所以不顧我在書信中和接見時的一再極力勸阻而仍然透過一位遠親的牽線，找了一個其兄弟為終身國大代表的「大律師」為我辯護，以為有這樣的黨國關係應該可以做一些有效疏通的事。我出獄之後，她曾在幾次談話中很簡略地提及當時四處奔走尋求救援的事。從她不時閃躲的話語中，我猜想她被誆騙了不少錢。但到底是多少，以及其中受騙的經過細節，她至死都不願意說，只說，都過去了，就別再想了，人還能好好活著就好了。我推斷，她一定是擔心我會去找相關的人算帳。

◆◇◆

入獄初期，幾乎每天都在接受震撼教育，都在成為不同的人；內心的情感和想法，變化很大很密集。尤其當時我的囚房外，隔著外圍另一道高牆的另一邊，是一所學校，每天都有擴音放送的國歌國旗歌和上下課的鐘聲傳進房間裡，那也是我未入獄前在國中任教兩年熟悉的聲音，是有關愛國與團結、知識啟發與人格教化等等之提醒與規範的聲音，因此聽起來格外心驚。每天都有很多疑惑：竟然是這樣子的。怎麼會這樣子？怎麼可以這樣？這個國家怎麼了？

這個國家怎麼了？竟然不僅依據不正常的惡法，同時又濫用暴力執法；竟然有那麼多不同系統的特務人員遍布在台灣各地；竟然有這麼多花樣百出的刑求手段；竟然有這麼多大學生被以死刑或無期徒刑起訴；竟然台南美國新聞處爆炸的事件不僅抓了拷問了一位僑生，另外又抓了拷問了包括李敖在內的一大批人；竟然有好幾位原本以抓人拷問人為業的調查局高官也因內鬥而鋃鐺入獄……。所有的這些事情，都超出我原有的心智認知範圍，也完全超出我的想像，但此時此刻它們就發生在我身邊；此時此刻，所有的這些當事人，正和我一樣，一起被囚禁在這個看守所的牢房裡。

竟然是這樣子的。

這個國家怎麼了？

國家存在的目的是什麼？

這是一個怎麼樣的政權？

那時候，有一陣子，我經常想到 illusion 和 disillusion 這兩個英文單字，並且從中確實體會了 dis 這個字根的意思。離去，消除，完全否定。我從過去的一些幻想、錯覺、誤信中覺醒過來，甚至責怪自己過去竟然曾那麼幼稚無知地相信了某些東西。

起初是經常驚疑連連，不解，傷心和痛苦，但隨著心中最美好的部分每天在消失，後來逐漸變得麻痺了，最後是漠然，有如一種無可奈何的沉默蔑視。

◆◇◆

刑期未定時，內心裡，大家必然都是忐忑不安，憂疑不定的，但表面上卻又顯得平靜。一種戒備性的、壓抑性的平靜。我從來不曾看見任何人哭泣或呻吟，但有時候我會在他們某些靜默地坐著或恍惚失神的時刻，瞥見那臉上的神色所隱含的深沉的悲傷、疲倦和無助。

夜裡，我也很少察覺有人躺著翻來覆去；自己的煩惱和憂慮都獨自忍受，為了尊嚴，強忍著不願透露出來，或干擾到同為不幸的其他人。大家各有一道堅韌的防護牆。

有時睡不著，我會用我入獄前住在佛寺時一位出家師父教我的方法，觀想肉身不存在，於是，從四肢末端開始，整個身軀緩緩緩緩地化解掉，如雲無聲地逐漸消散。若是半夜驚醒，經常會一時間不知身在何處。等待慢慢回魂之後，就暗自聽著周遭的動靜和牆外社會的聲音，好像在確認世界仍在運行。

我們必須壓抑諸種情緒，以免使日子難過，甚至很快地，到後來這些情緒就這樣慢慢隱藏起來了，隱藏得很深。後來，一般人因此總認為我們這種人，似乎大抵是平和溫順的人。

◆◇◆

判刑確定後，從入獄之日到起訴到純形式化的審判過程中，或曾有過的任何不切實際的幻想，那些在深夜躺下就寢時，或是從怎樣的夢中驚醒時，偶爾妄想的可以獲判無罪、重新返回社會、生命若有的破洞可以縫合起來的一絲絲希望，這些，都不再有了。心情是風雨長期不時飄搖過後的一池死水。或者說，從此完全死了心，徹底失望。

但是也因為這樣的死心和失望，我重新認清並確認了真實的處境，並且反而逐漸就不再憂慮了。甚至也沒有屈服和自憐之感。絕望生力量。我一再告訴自己，一定要設法盡量收拾起那些破碎而自己還喜歡還珍惜的東西，讓它們找到其他的路徑和形式而得以在暗中重生過來。我和其他獄友一樣，知道不能就此崩潰了。因此，我們每天都一再地重新振作，武裝自己，都獨自在進行無聲的戰鬥。我們個別以各自的方式適應、對抗，和存在，包括做一些可有可無的事情，放鬆心情，譬如下棋、畫畫……。

我開始接受了未來必須在牢獄裡度過七年歲月的事實，把未來七年與正常社會的絕對隔離，當作是完全離開故土親友舊識的一次遠行，當作某種不再回頭的決心和絕情，面對一個特別的未來。

◆◇◆

押房裡，每天的作息規律而簡單。日常生活中一切事情的進行和完成都侷限在這個必須和其他可能四個五個或六個七個原本陌生的人共用的一個大約四坪面積的狹小空間裡。每天二十四小時，吃飯睡覺大小便洗澡洗衣服晾衣服都在裡面。住久了，似乎也不覺得擁擠或不便。當然也沒什麼隱私；隱私都藏在心底裡。

早晚起床和睡覺，好像有音樂廣播（應該是有的吧，但我已不記得）。三餐定時，飯菜從牆壁下緣貼地處的一個A４紙張大小的洞口送進來。若需要日常用品，如牙刷牙膏衛生紙、十行紙、餅乾等，必須填購物單，若要借書，就填借書單，也是放在洞口，有人會來收走。洞如狗洞，東西只從這裡進出。這狗洞外面覆蓋一片鐵板，可以從外面掀開。狗洞正上方，另有一個大約一張名片大小的開口，是觀察孔。獄吏獄卒們隨時可以透過這個外窄內寬的小開口，在我們難以察覺的時候，悄悄從外窺視我們的任何行為舉止，包括我們如廁時。

通常一星期有四天或五天稱為放封的散步時間，每次大概十五或二十分鐘，但天氣稍微不好，往往就取消了。

我在五十房的時候，同房的獄友都會彼此提醒鍛鍊身體，振作精神，保持希望，並且規定大家飯後必須一起在小小的房間裡排隊走路繞圈子，至少繞一百圈，每繞一圈就把我們自己用饅頭加糨糊揉成的圍棋子放入一個碗裡。我們也遵循了長久以來的一套共居的自肅規矩：起床後必須收拾並摺好棉被；可以午睡，但白天不能無故睡覺；每天排班輪流在三餐之後擦地板。

就這樣子，每日每日反覆，恆常而嚴酷的一再循環，在一個鐵門緊閉的小房間裡。每日每日如是反覆，其實這也正就是時間流逝的樣子，規律，無聲無息，不會驚擾人，不會讓人有所注意，但也因此好像反而在你四周形成了你不須懷疑的一個穩定的力量，它不會忽快忽慢，不會有什麼偶然或突發的東西，不會有意外，甚至也因此忘記了它的存在，心情於是漸漸平靜下來，並且讓你逐漸不再有什麼妄念了。我們讓自己逐漸習慣於種種難堪的細節。我們接受了所有的不便和匱乏，甚至於逐漸不再察覺有什麼不便和匱乏。我們在時間無聲行走的不變韻律裡獲得平靜，一種關於堅忍和保持自我完整的自我要求，一種有無什麼意義全由你自己決定的情境和狀態。

◆◇◆

我把生活極盡簡省化。物質欲望很低，幾乎沒有什麼特別的需求。我記得除了入獄第一年入冬時請家人寄棉被，以及少數幾次請家人和兩位朋友寄書之外，獄中生活四年多，我不曾向人要求過什麼，包括金錢上的需索（可能我入獄那天，身上有帶一些錢；後來，在外役區勞動，有微薄的工資）。我儘量自我克制。

曾在電影中看過獄中囚犯在室內牆上畫短線，做記號，用以計算日子。柏楊在刑期將滿時，也曾這麼做。但是我的經驗裡，我和獄友們都沒有過這種想法和做法。那樣必然會讓人難過。最好是忘記時間的消逝，忘記刑期還有多久。我們已經不再需要時間來提醒自己有怎麼樣的責任和義務。

我們沒有社會身分，不再被認知、被需要、被要求、被賞識，成了一個確確實實的完全無用之人。

日子無邊無際。在其中，你可能覺得四周一片茫然，沒有依傍，偶有恐慌或沮喪，但你也可能因此感到自由自在。似乎逐漸成了一個完全沒有羈絆的自由之人。你可以做任何事。你每天困在一個小房間裡，但也每天一再離開這個房間，一個人沉默地踏上旅途，去了沒人知曉的地方。雖然也必須每天一再回來。

我逐漸習慣於這種孤獨的各種樣態和滋味。我將現實的束縛和心靈的自由區分開來，甚至於不再察覺束縛，而成了習以為常的事。

在無依無靠的處境裡，我也開始逐漸篤定地經常會有一種只有我自己知道的彷彿很私密而迷人的歸屬感。那常發生在我閱讀，或是注視著陽光極其安靜而緩慢地在地板上移動的過程，或是在放封場上聞到什麼草木的味道時。

◆◇◆

每日每日生活在一個封閉的小空間裡，想要看看外面的風景時，只能站在作為浴廁和洗衣處的大約一米四方空間的高台上，透過鐵柵欄和柵欄外的另一層花磚牆，望見一些建築物的上半部、有限的天空和稍遠處那些不連貫的低矮的山巒。但所有的這些景物，其形狀樣貌，其實都沒什麼變化；在二樓的五十房一年多，窗外永遠只是同樣的這一幅必須站著才能看到的沒什麼了不起的風景。

不記得這樣外望時，有聽過鳥的叫聲。

似乎也沒太注意到季節的變化；只有在溫度越來越冷或越熱，想到該換棉被了，才知道又是一長段日子過去了。

我們繼續等待。

但其實有在等待著什麼嗎？

◆◇◆

每天能聽到的聲音很少，大都來自室外的走廊。三餐送飯菜的推車走過的聲音。午後外役送採購品時的腳步聲和掀開牆下送物口鐵蓋的聲音。放封時，一間間地隔著幾十分鐘依序開啟房間鐵門和之後關上鐵門的聲音。當然，還有囚人被帶出去開庭時開關門的聲音。除了這些之外，整天裡大致一片死寂。

我坐牢期間，據說仍有少數人在凌晨時分被帶出去槍斃了（我只記得大概在我入獄半年後，我住的五十房內曾有好幾天談論著《新生報》副刊主編童常的死和他的案情），但我不曾見過被判死刑者從押房被帶走時的場面，也沒聽過他們或許勇敢或許淒厲的叫喊聲。不過我確實屏息聽過被判死刑者從法庭回來押區時，被釘上腳銬的雙腳一步一步慢慢移動時，鐵鍊不時碰觸著地面的那種讓人感到極為悲哀和憤怒卻又無從發洩的聲音。

◆◇◆

有幾位約略跟我同期關在這個看守所的獄友說，每天早上，裝在囚房裡的擴音器都會播放一些流行歌曲，作為起床號（他們說其他時間也會播歌）。

但我沒有這樣的記憶。

除了偶爾會有新收押的人因還未能調適，心情頹喪，仍然沉溺在自己的憂愁裡，不願意挪動之外，我們都不會賴床，雖然起床之後，這一天也仍是一成不變的一天，和正常社會的運行毫無關係的一天。

關於這個擴音器，《李敖回憶錄》裡說，它既是「大嘴巴」，也是「大耳朵」。「有情況時候它播出監獄方面的命令、號音與音樂，你不聽不行，所以是大嘴巴；沒情況時候它不聲不響，但卻是個竊聽器，由中央系統逐房抽查，隔牆有耳，所以是個大耳朵。」

我本來對這個擴音器，記憶很模糊，努力回想之後，才想起靠近牢房門口的那個天花板角落裡確實有這個設備，而當時我們之所以在意它，完全是因為我和同房獄友們都認為那裡面可能藏有錄音設備，它可以隨時錄下我們的談話。雖然我們也曾懷疑這樣的可能性，但我們不敢百分之百確定，所以大家都小心著不隨便說話，不批評國民黨，不痛罵辦案人員，不多談自己的案情。

無論真假，總以為會有人在監聽或監視著你，因此時時自我戒慎恐懼，有意識或下意識地加強自我監督，這正是所有的威權統治極為恐怖之處。

◆◇◆

我很少接見，也不喜歡接見。會來接見我的，主要就是父母親。但他們住在嘉義鄉下，一趟老遠的奔波來回竟然只能隔著玻璃用電話交談十幾分鐘，僅設想這樣的境況就已令人心痛，更何況在那有人監聽和錄音的十幾分鐘裡，談話能有什麼意義呢？在那被設限的短短時間內，急切地要說著什麼話，但又有忽然不知從何說起或接話下去或說不出話的空檔。那空檔雖可能只有幾秒鐘，但那無言的狀態卻常令人慌張，只聽見對方的呼吸。然後就結束了。對方混合著憐愛、不解、無力、憂愁、不捨等等的複雜表情，猶豫著遲緩站起來，一直望著你。我低頭絕然轉身離開，不想看到他們那令我難受的表情。而在那天剩下來的時間裡，甚或接下來連續好幾天，心裡一直擾動不安，經常難過。愧疚和怨恨之類的情緒，總是難以抑制地不時折磨著我。

所以我總在規定只能寫兩百字的信函裡，一再跟他們強調，我很好，吃食很好，身體很健康，同房的人都能互相照顧，不會受人欺負，請放心，莫擔憂，不必來看我，我會好好保重自己，等等等。

我不喜歡接見，主要還是為了我自己。我不想再對外面的事情有任何牽掛了，因為任何牽掛都是徒然，都讓人不得安寧。我必須把自己隔絕起來，用以保護自己。

關於獄中寫信，我想起施水環女士。

《流麻溝十五號》這本書裡，收錄了她的六十八封信。相片裡施水環長得很有氣質很漂亮，在一九五六年被槍斃時，三十一歲。這六十八封信是從她被捕之後關在青島東路的軍法處一直到被槍斃之前兩天，總共兩年多的時間裡所寫的家書，主要是寫給媽媽的，也有幾封寫給姊姊。所有的這些信，也都被限制在兩百字以內，其中除了很少數一些事務性的必要交代之外，內容幾乎都完全的一再重複，說：我很好，我沒事，身體健康，請放心，我想念你們，相信法官清明，我很快就會跟大家重聚之類的。那種重複，好像錄音帶反覆播放，形成幾乎要將人擊垮的重量，一種控訴，一種在全面監控和壓迫之下巨大的壓抑和吞忍，一種無限悲傷和絕望的吶喊。龐然無邊的恐怖。我閱讀的時候，心裡一直往下沉，幾乎快要掉眼淚。

◆◇◆

在押房裡，想的往往不是自己的現實處境，因為這樣的處境，只能接受，然後壓抑著自己不再去設想，不去看；最讓我難過的是想到我的父母和弟妹們因我的坐牢而受苦受挫。而我的一位念大學三年級的弟弟因憤慨而自動退學了。他在一次接見時跟我說，念了大學有什麼用，到頭來還不是被抓被關。有一段時期，我必須努力一再阻止自己去想像家裡的人因我的遭遇而造成的生活變化，包括如何可能影響了弟弟妹妹的學業。因為這樣的想像非但根本改變不了任何事，更是成為心中最苦澀的事。不知道的時候很苦，知道了更苦。後來，我漸漸把這樣的想念完全關在我的心思之外；我把自己的心鎖起來，讓這一類的感情不靠近。

但奇特的是，我常會回去，而且不壓抑自己回去，一些童少年的瑣碎畫面，尤其是我一個人獨自和阿公阿嬤父親母親相處的景象。一些在一起共享的親密時刻，包括勞動工作、走路、休息，或者無言散坐的一些尋常的場景、形影、聲音和動作。我喜歡回去這種不至於帶來痛苦或懊悔而常會帶來甜蜜和安慰的時刻。

這種回想沒有一定的條理，但總是伴著鮮明的影像呈現，有時是老家主屋旁側那棵高大的雨豆樹以及樹下我家那隻水牛站著吃飼料或是坐在地上休息的樣子以及夏天時為牠薰埔薑葉趕蚊子，或是阿公坐在我身旁要我好好讀書將來可以當法官或辯護士，或是他過年時幾乎總是無暝無日熱衷於賭博擲骰子的樣子，或是睡在我身邊的阿嬤清晨五點叫我起床吃飯，然後將便當拿給我，一邊催我趕快出門以免赴不上六點二十七分的小火車去城裡讀中學，或是我跟著爸爸媽媽在田裡播種花生玉米甘藷等等以及施肥和收成，或是入冬之後遠方糖廠的煙囪開始天天冒出的煙，或是我和少年友伴在墓地牧牛時吃偷砍來的白甘蔗，或是國小入口旁那一株石榴不知道為什麼我一直不喜歡它開花結果時的那種顏色，或是六年級的時候一個新來的老師教我們打棒球……。

在這些時候，我會對自己說，我一定要好好活下去，或者就像許多同窗獄友說的，一定要活得比老蔣這個臭頭仔還久。這是對自己的承諾，也是對親人和家鄉天地的承諾。承諾我們將會一切平安地再次相逢團聚。我因此堅信我不會被打敗。這也是在這種處境裡我反擊不義的一種方式。

在押房裡，最多的時候是在讀書。

我讀的第一本書是羅素的《西方哲學史》。這是我入獄第一天就向看守所的圖書館借的。幫我填借書單的是海軍官校的學生余子超，他涉及成功大學共產黨案，後來被判感化（我沒隔幾天就知道了，其實他只比我早一個月入獄，但那第一天他對我說話時的篤定樣子，卻有如一位閱歷豐富的老囚犯）。

那一天，當我被收押入樓下第三個房間，門打開，他就坐在入口的位置。第一個開口問我案情並且斷定我將會被判七年徒刑並且說這是行情的，也是他。那第一天，他就跟我說，你就認了吧，心靜下來，用讀書來度過將來這漫長的時光，而且書越厚越適合，最好是能夠做筆記。關於七年刑期，關於讀書，其他在座的受難人也都同意。然後，他把一本圖書目錄拿給我。在心慌意亂中，我聽從了他的建議真的借了書，準備慢慢適應未來看似沒有盡頭的日子。至今想起來，我仍很感激他。

我沒讀過羅素寫的哲學史。記得這本書好像是商務印書館出版的，分為上下兩冊，或是四冊，已記不清楚了，封面是已泛黃的白色，黑字書名印在正中央。其實是勉強自己閱讀，希望用這種形而上的思想學問，用西洋歷史上一些智慧人物的思索，去超越或忘記自己的處境。但是讀著讀著，往往，心就離開了書頁，思緒紛亂地想，也許明天，甚至就在今天，他們就會放我出去，我就會回去原來的世界，一切都會恢復原狀，所曾有的這些過程都是誤會。但是一天一天過去，我的存在，沒人聞問。甚至於一段時日了仍沒有收到起訴書。心越來越不安，因此經常會讀著書的時候，忽然停頓下來，心思晃走了，怔怔失神，或者胡亂而糾纏地想著一些令人心痛或牽掛的事。

但我仍然儘量繼續打起精神，繼續讀書。讀書，在這樣的處境裡，確實頗有一些逃避的意味，但書本卻也是一個讓人的心神得以暫時越過當前的時空，讓人暫時脫離出長時憂慮和無助的深淵，躲入一個可以得到安頓的避難所，並且在黑暗中看見若干可以幫助自處和活下去的東西，而不至於一再向著完全荒蕪和荒謬的感覺淪落。

◆◇◆

對我坐牢時心境調整極有助益，且因而讓我度過最難熬的坐牢初期的是，奧地利著名精神醫學家維克多．佛蘭克（Viktor E. Frankl）的《意義的追尋——從集中營到存在主義》。他是猶太人，父母、妻子、哥哥都死在納粹的集中營裡，自己則是經歷過四個集中營的倖存者，和妹妹活了下來。他以自己在集中營的經驗寫成這本書。他分析了從震驚到否認、到拒斥或幻想會被赦免、到接受，冷漠，以保護自己並抵抗世界、到最後找到受苦的意義，這幾個階段的心理機轉；他說，我們不再能夠改變處境時，只能儘量改變自己。這其實就是存在主義宣說的道理：一個無意義的世界，你被拋置其間；一種存在，並不表明有任何意義，除非你使之彰顯。

入獄初期，每當心情低落，我就會回去閱讀其中的一些章節。

◆◇◆

在五十房，有一長段時候，刑期還未定的林叔叔連續借閱《明儒學案》，一本讀完了就借另一本。這一套總共好幾十冊的線裝書，我聞所未聞；我從書名猜想，原以為這應該是中國明朝時期學術界的論戰祕辛或是怎麼樣奇特曲折的冤案，所以也好奇借來看了。但其實根本不是，而是有關當時理學心學門派源流和發展的整理，或者就是所謂的學術史。我大概努力看了一兩本之後就放棄了，但也轉而有一陣子讀了熊十力、牟宗三等人的著作。林叔叔則仍然繼續靜靜地安坐著閱讀，很專心的樣子。我因此常覺得，即使他的官司未決，他已選擇活在另一個世界，放心地只和古代的文人往來，並且從中發現當下沒有的一些形而上的道理和秩序。

林叔叔入獄前是政府的高官，他和同樣曾在國民黨內當過高官的李叔叔談話時，有幾次談到因調查局內鬥案而在這段時期也同時被抓來坐牢的幾個處長級的人物，包括李世傑、蔣海溶、范子文等人，以及隨後牽連出的更多位報社高層，進而談到了所謂「軍統」與「中統」這國民政府的兩大特務系統的沿革和整併，以及相互之間激烈而嚴酷的權力鬥爭，甚或暗殺手段。他們也提及了一些人物，包括戴笠以及所謂CC派的陳立夫陳果夫兄弟等等。我常在旁邊聽得津津有味，但也不時感到驚駭。對涉世未深、見識極為有限的我而言，這些權謀運作都太複雜了，處處刀光劍影，很血腥。這也是我初次聽到軍統中統這一類的名稱，初次知道曾有這樣的神祕單位，所以有時聽得沒有很清楚的頭緒。但他們也不願意多談。我偶爾發問，想要多知道一些細節時，他們就會說，這些事知道太多沒什麼好處。我知道他們是好意，不願意我太走入黑暗甚至可能會有危險的深處，可能就走不回來了。在某些情況下，好奇心可能讓人受傷或致命。

獄中讀書讓人覺得最為放鬆愉快的是閱讀遊記。

◆◇◆

我記得曾看過一篇刊登在一本山岳雜誌上的北橫公路記遊。那幾天裡，我反覆閱讀，並且仔細做筆記，從某地到某地再到某地各有幾公里，徒步行走需時多久，何處適合過夜，沿途可觀的景致，等等。我跟作者行走和攀爬，穿過森林和溪流，在野地裡搭起帳篷，煮食，夜晚看星星，或者有時淋雨，夜裡和三兩個同伴圍坐著說話。那幾天裡，我每天走出牢房，很快樂地走了不少的路，走過很多美麗而新奇的空間，去了很遠的地方，看了很多風景。我一再想像出去後一定要親自走一趟，經歷和完成這個旅程。

這篇記述曾給過我一些小小的希望、安慰和鼓舞。但出獄後，早先是因為沒有餘裕，包括經濟上的拮据，經常煩惱著生活的窘迫，沒有心情，後來則可能是由於不願再去聯想起這段令人不愉快的受辱的過去，所以即使我喜歡上山下海，在這個島上到處遊蕩，至今反而仍一直不曾走過北橫。

◆◇◆

認識船長，是我換房關入五十號房的時期。

船長其實不是船長；他最大的專長是站在船首鏢旗魚。船長身軀雄壯，身高至少有一百八十公分，肩膀很寬，胸肌很厚，手臂結實，看來確實是鏢大魚的好手。我見到他時，他已羈押一年多，一審和二審都判死刑。我看到他戴著腳鐐，正在等待下一次審判的結果。他被起訴和審判的約略罪行是：他和另一名共同被告在南方澳竊取漁船逃避安檢駛往匪區，將船交付匪方人員，並受匪偽思想訓練研讀毛匪語錄等書籍，隔年奉匪命返台伺機為匪從事宣傳工作，意圖破壞國體，竊據國土或以非法之方法變更國憲，顛覆政府，而著手實行云云。因此以《懲治叛亂條例》唯一死刑的二條一論罪。

他跟我說的情節，卻大不相同：有一天他和同案的另一人一起去賭博輸了，心情惡劣，於是就到南方澳開了同案有投資的一艘漁船，想去海上兜風散心，但後來因為船失去動力而飄到溫州近海，被中國漁民拖入港內，船被扣押，人則在接受一連串的審問後被軟禁在一處人民公社裡。大約半年後的一個晚上，他們兩人又偷偷去把原來的漁船開走了，希望回台灣。但因油料不足，船再度在海上漂流。這次，救他們的是日本漁船。所以他們曾在沖繩住了幾天。一回到台灣，就被逮捕了。

在外役區，他和同案的朋友完全沒有往來。偵訊期間，問案的特務嚴刑逼供，讓他們互咬，讓他們後來互不諒解，甚至製造了很深的怨恨（所謂「揹寶劍」的刑求方式，就是他跟我描述的）。他被判得比同案的重，他覺得被背叛了。國民黨情治單位的人在偵訊時的一些離間和欺騙手段，常使同案的人互生嫌猜甚或敵視，並且因而忘記了迫害他們的國民黨政權，才是他們的共同敵人。

船長不識字，但很會畫魚，用彩色蠟筆畫，尤其是畫旗魚和鮪魚。船長看起來經常都很平靜，但我常覺得那是一種令人有些害怕和擔憂的平靜。他那高大的身軀，經常讓我感受到一種無聲控訴與吶喊的巨大重量。除了飯後集體繞圈行走之外，他很少自行活動筋骨，也不太與人攀談；他不畫魚的時候，常是不發一語地坐著，眼睛長時看著地面，偶爾才抬頭看著面前的牆壁和牆壁高處的鐵窗，茫然若失，像一隻垂死的動物。有時候，當他上完廁所，他會把手稍微伸到上面窗口的鐵條外，說「來啊，摸一下社會。」我從旁靜靜看著船長，有時會閃過一個念頭：這一天會不會是他人生的最後一天。

◆◇◆

船長是景美看守所存在的二十年間，唯一逃獄成功的政治犯。我曾參與其中。

那時候，我們都剛定讞不久。他被改判為無期徒刑，我七年。他邀我和一位日本早稻田大學畢業的徐兄一起參與這個計畫。他的構想很簡單：想辦法逃出牢房之後，到八斗子偷開漁船出海，去沖繩尋求政治庇護。他說，停泊在漁港裡的船，油箱裡多少都會有一些剩餘的油料，發動和航行一段路程沒問題，他也知道如何啟動。若半途沒油了，在海上漂流，必定會有路過的船隻來救援，然後就可以尋求日本的政治庇護。我們三個人的任務分配是，他開船掌舵，我協助看顧船艙下的機電運作，徐兄負責與日本人交涉。

最關鍵的問題是如何逃出去。

我們住的五十房在二樓，後牆緊鄰國防部軍人監獄。軍監是一層樓的建築，平面的樓頂跟我們房間地板的高度一致，若能鑿穿牆壁，就可以輕易地爬過軍監的屋頂，然後再設法翻牆逃走。

其實這個辦法的疑點和破綻很多，我當時並不全然信服，但是定讞初期憤慨的心情讓我有點不顧一切地答應參與。我覺得，我沒做什麼事竟然真的被判七年，這很荒謬，也很不值得，我一定要出去用怎麼樣的實際行動，真正去對抗去推翻這個不義不法的政權。

至於在牆壁上挖洞或鋸斷窗外的鐵欄杆，我們曾想過好幾種方法，但都苦於難以取得鋸鑿之類的鐵器而作罷。後來我們只能試著用洗臉槽下落水孔的一片小小的鐵蓋子來挖牆，三個人找適當的時間輪流挖廁所內的一面牆。

大概三、四天之後，我們就放棄了。因為這些天的進度只有大約三公分寬一公分深的一個小凹陷。放棄之後的隔天，我們用糙糊揉饅頭把它填平。在洩氣之外，我深深覺得自己的莽撞和愚蠢。

在我們三個人密謀和進行這項逃獄計畫時，同房的其他兩個獄友都裝作不知情，也沒有打小報告。但其中的一位曾趁著放封，走在我旁邊的時候，勸我不要冒險做這種不可能成功的傻事。他說，「你還年輕，七年之後，還可以做很多事。」

然而，最後，船長卻也真的逃獄成功了。那時，他在外役區的圍牆外看顧洗衣工場的鍋爐房，而我則已經被調往土城去接受感化教育了。多年後我聽說，他逃脫的路線完全跟我們密謀的一樣，從八斗子開船，出海，到了日本的石垣島。

兩次死刑之後三次無期徒刑的一再凌遲，讓船長看不到此去一生的盡頭，也讓他積蓄出堅決逃脫的反抗意志。我可以想像，有一長段日子，他一直在等待死亡的來臨，然而又在這樣的等待中不斷地期盼不至於死亡。那是漫長的等待，也是無盡的折磨。

◆◇◆

幾次獨自重回羈押區，每一個地方慢慢走過，我才終於能全盤認識了這整個區域的建築構造形式、各個囚房的不同格局和分布、功能，包括我在押當時不可能進入的代表權力的走廊和獄卒房間、衛兵瞭望塔和監控室。我甚至曾一度走到整個監獄的屋頂陽台上漫步，在那裡觀察四周的圍牆外長什麼樣子，同時印證和比對著傅柯在《規訓與懲罰：監獄的誕生》一書裡對於監獄的諸多描繪和論述。

我當然知道，此去經年，這個景美看守所獄內獄外的設施和景象，有一些部分已非當年的模樣了。我也知道，我不是來憑弔的，而是來試著找到自己。

我獨自進入我住得較久的五十房。我用腳步丈量它的長寬尺寸，約略計算它的面積和兼作洗浴用的廁所空間的大小，端詳那個用來墊腳才能上到廁所的小台階，並且站在廁所高台上透過鐵窗和花磚長久地望向外面的遠方。然後，我退回到入口處定定地站著，聽著重重阻隔外市街悶悶的聲音，看著四十五年之前的二十六歲的我，儘量想要記起他在這個小空間裡坐臥起居的情形，並且揣測他每天的心情。

我看到不同期間曾和我在這個房間每天生活在一起的一些人。我看到福建案的林叔叔在我們圍坐在地板上吃飯時請大家分食他家裡送來的紅糟肉或紅糟魚；我看到判處死刑戴著腳鐐仍在上訴中的船長趴在地板上用蠟筆認真畫魚；我看到曾在滿州國擔任日本軍人的武術教官、第三次坐牢諢稱三進宮的鍾謙順，他認真在教我們兩三招原地站立就可以鍛鍊體魄的運動方式；我看到政工幹校幹訓班第一期畢業之後在日本大阪中華學校當校長的蕭文青，他勸我判刑確定已經那麼久了不要因為想要專心讀書而拒絕被調去當外役，他說外役區必然臥龍藏虎，去跟他們相處並認識他們個別真實的人生比僅在書本文字裡遊蕩一定更有意思；我看到國民黨政府退守台灣之初擔任過虎尾區長的李叔叔正在講一些黃色笑話，而年輕的我因為從來不曾聽到威嚴莊重的長輩講過這種葷味的東西而感到不知如何回應的尷尬；我看到從早稻田大學留學回來的徐兄，一邊和我下圍棋一邊談著他如何想念如何追求資生堂櫃檯小姐……。

◆◇◆

幾次回去看五十房，站在厚重的鐵板門口，以一種近似好奇的眼光看著室內的每個角落，或是走進裡面逗留幾分鐘，心裡卻幾乎都沒什麼特別的感覺，無所謂情緒動盪。沒有感情，沒有思念。也沒有傷痛或不愉快。曾有的一切物事已退到了極遠處，大都模糊不清了，如夢境，目前的房間裡只留下空洞而沉重的陰霉氣味。

◆◇◆

曾有幾次很努力回想，在我住過可能有一年以上的五十房裡，我是如何洗衣服、晾衣服，或是衣服是獄方發給或由家裡寄來的。然而，總是想不起來。這頗為詭異。我因此猜測，其中的一個原因是，那很可能是記憶的一種機制，一種自我保護的心理機制。因為這些經驗代表著不愉快、屈辱和傷痛，為了不讓日子難過，當時我並沒有把這類反覆而瑣碎的日常經驗放在心上，這些事只是機械式的行為，只是影子，也因此我沒有讓它們進入我的意識，不願意讓它們裝進記憶裡，更不願意帶著這些記憶走出監獄。

很可能就是這樣子的吧。不然，如果我還能清楚記得當時的事，那些漫長而沉重的傷痕陰影，包括那些受傷的細節，那我不知如何可以活到現在。

但也可能就如昆德拉說的，記憶需要持續不斷的練習。在很長的一段時期裡，我們被迫必須隱藏很多事，我們的這些故事絕少向人說，甚至是禁忌，也沒在同樣經驗的獄友之間交換類似的經驗，記憶因此逐漸消散並且終於失去蹤影了。

◆◇◆

八月的一個午後，我進去我住過可能有一年之久的五十房，不到十分鐘，全身是汗。很熱。但我想不起來當年是怎麼度過的，甚至竟然沒有悶熱難過的記憶。只記得夏天的時候，大家都只穿一條內褲。但仍常流汗。但我們似乎不曾有什麼怨言。甚至也不像是在默默忍受。可能因為我們完全接受了。再苦的遭遇也都在我們設想的範圍，不再能傷害我們，不再能讓我們難以承受。或是一種麻痺，一種心死的狀態。抱怨也沒用，絕不可能會有所改善。或者說，我們根本不關心這個，也知道，這樣難熬的天氣，總會過去。

◆◇◆

押區裡，放封的時候，一個房間一個房間按順序來。由於我後來長期住在五十房，也就是最後的一個男生房，位在二樓的角落，每次放封時，所走的廊道都要經過二樓的每間囚房外。走過時，我們也知道每間囚房裡的人都在透過內寬外窄的那個窺伺孔在盯著我們看，雖然所能看到的當然也只是轉眼間就過去了的局部身影。因此我們會儘量放慢腳步，即使這沒有多大的意義，但或許吧，讓我們互相都知道我們並不孤單，而且都活得好好的，沒有被關壞了。

放封的場地是一個四方形的天井，面積約僅半個籃球場大小，放封的時間也只有十幾二十分鐘而已，但它卻是讓我們得以短暫地離開長時禁錮的囚房，看見天地並且放開身手舒展筋骨的解放時間。我跟著大家沿著水泥地的邊緣一再繞著圈子或快或慢地行走。就是純粹走路罷了，我並不利用這段時間與人說一些在押房裡不便說的話。因為除了那一陣子和船長和徐兄密謀逃獄的期間之外，我沒有什麼不便讓室友聽到或害怕被錄音的話。但我也會偶爾停下腳步，抬頭仰望天空，看雲，看陽光，看放封場邊的植物，有時就在散步的水泥地場邊蹲下來，久久地撫摩外圍一小排條狀土地上的草皮，感受那葉尖輕輕刺激在手心裡的一種幾乎令人全身震顫的感覺。所有的顏色都令人高興，空氣裡彷彿有香味。這些顏色和氣味大抵就是美和自由之類的提醒吧。但我也提醒自己，避免落入感傷裡。這很重要。所有的多愁善感都是對存活力量的傷害和打擊。

如今，我回來，我在這個放封場上仍然用腳步丈量它的大小，並且依著記憶裡當年和同房獄友一起在獄卒的監視下行走的樣子走幾圈。天空似乎還是同樣的天空，水泥地則已到處長了青苔，落葉有時在微風裡安靜晃動。那時候，四周圍或有的樹應該都是一些灌木類，或是必然都修剪得矮矮的，不可能容許它們任意地長這麼高。我曾在第一篇散文裡提及我入獄第一個冬天，放封場角落裡的一株大開白花的山茶樹，也描寫了四周水泥牆上的爬牆虎，注意到它們在冬季落葉時僅餘的皺瘦蕪雜的黑色枝條，如何在春天來臨時長出澀紅新葉的樣子。在那篇文章裡，我也說它們似乎曾「提醒我一些什麼」。但是現在，這麼多年之後，我回來尋找記憶裡的這些景物，卻都已不見了。我曾跟一位暱稱小花的導覽員說起當年這些植物的存在。她告訴我，山茶樹在押區入口的小門外有一株，應該也有一些年歲了，但不曉得是否當年就已長在這個地方。八月底有一天，她跟我說，它已長出許多花苞。過年前，我看到白花滿樹盛開。

◆◇◆

我被調至外役區工作期間，被指派在縫衣工場車衣服（全部都是看守所當局承包來的一些公家單位的制服——主要是鐵路局、郵局、電信局的）。這種勞作，技術簡單易學，經過起初幾個小時的練習，大致就能熟巧了。外聘的一位師傅把布匹打版裁剪之後，我們就去領取，登記件數，然後完全機械式地一再重複做著這種無所謂勞動意義或滿意與否的工作（雖有工資，卻極少，但到底多少，我不記得了；絕大部分的利潤屬於監禁我們的階層）。

這樣的工作並不繁重，做起來不像在洗衣工場的那些難友們那麼辛苦；規定的每天最低工作量，不管褲子或上衣，大概就是十件左右吧（我也已想不起確實的數量），往往半天就完成了，其餘的時間完全屬於自己。有時更可能因季節性的關係，會連續一段日子沒有衣服可車。這些自由的時間我大致用來讀書。有兩次，我試著譯書。

第一次翻譯的書，是一本名為《傲德煞檔案》（*The Odessa File*）的美國暢銷小說，敘述的是戰後一名記者對納粹戰犯的調查和追緝。書是一位朋友送來的。他說這部小說已改編為電影，因此有出版社想要搭配即將上映的影片而發行中譯本，若我有興趣，不妨試試看，但他也強調，可能會有其它出版社也在搶譯這本書，所以必須盡快譯完送出（那時我們這裡還沒有翻譯版權的問題）。我利用所有的空檔來進行。我把譯文抄寫在三十二開、分行線間距很小的一種筆記簿裡，而且儘量把字寫得很細小，儘量壓縮空間，以增大簿子的容量。我當時這麼認為：想要經由所方審核的手續把譯好的文稿送出去，窒礙難行，因為即使內容能通過審查，過程必然也是曠日費時，緩不濟急，所以只能藉由偷渡的方式；我希望能爭取到一、兩次特別接見——不必隔著玻璃以電話交談，而是能與接見者直接接觸和說話的一種會面方式——的機會，然後設法將體積縮得很小的譯稿暗地裡交給來者帶走。

我用了大概不到兩個月的時間譯完這本小說，極其密密麻麻地寫在四本簿子裡。但一直沒有適當的時機將它們送出，所以後來就放棄偷渡出去的念頭了。出獄後，我一直留存著這其中的三本小簿子，算是一種紀念。現在，人權館已收藏它，作為所謂的文物。

後來，我另外著手翻譯我很喜歡的一本小說：亞瑟·柯斯勒（**Arthur Koestler**）的*Darkness at Noon*（直譯名《正午的黑暗》，但我把它譯為《黑色的烈日》）。這是一本以俄共三〇年代大整肅為根據的監獄小說，描寫的全是陰慘的偵訊過程，以及革命黨徒在專制獨裁體制下的真誠信念、墮落、噩夢，以及最後的死亡。其中的那些同志們犧牲和折磨昔日同志的情節，讓我偶爾會抬頭望向坐在我對面右側遠處、戴著老花眼鏡專心車衣服的五十幾歲的陳伯伯。他被判十二年，是調查局內部鬥爭整肅案件中的一員，他的同案，一些原為特務單位的高官，有幾位仍長年囚禁在一牆之隔、不到二十公尺外的押區裡，猶未定讞，而其中有一位，將在兩年之後自殺於獨居房裡。

這本小說的作者，匈牙利籍，本人曾是歐洲許多軍事與思想戰場上的老兵，也是集中營和監獄的常客。小說以德文寫作，但初次面世卻是英譯的版本，當時，他正在英國坐牢。這種人的這樣一本作品，竟然可以通過審查而來到我手中，我很驚喜。

有好一段時候，這本書總是放在我專用的縫紉機右側下方的一個小抽屜裡。我已很快讀過一遍，並且開始翻譯了幾頁，但不久就決定停手。我擔心，即使對管理較為寬鬆的外役區，獄方仍然可能會突然查房，尤其是某個所謂的偉人生日或重要節慶之前；我擔心這些譯文若被看到了會惹來難以預料的麻煩。所以在縫製了每天最低定量的衣服之後，有時我就會再回去中英文對照著閱讀《湖濱散記》，一方面學習翻譯的技巧，一方面跟著梭羅躲入寧靜的山水林野裡勞動和散步，領會他如何過某種單純的日子。

這樣的日子裡，偶爾我會走到工場外面舒展筋骨。獄吏在走動，洗衣工場的人在斜對面二樓頂的大平台上忙著掛曬郵局的大帆布袋。陽光有時亮麗，白雲在藍天裡。一切好像都很安靜，即使有人聲，也很模糊，只有場房內仍在踏動的幾部縫紉機斷斷續續發出單調無聊的砈咳砈咳聲。這樣的時候，我也總不免會想起僅隔著一道高牆另一邊那押區裡的人，那些大都還在等待判決的人。

「關在這些蜂巢小室裡的兩千個人正在做些什麼事呢？」柯斯勒在小說裡這麼問。「他們的那些別人聽不見的呼吸聲、別人看不到的夢境，以及他們因恐懼和渴望而發出的低抑喘息……。如果歷史是一個可以計算的問題，那麼，兩千個夢魘會有多少重量？兩千個無助的懇求總共又有多人的壓力？」

◆◇◆

我在縫衣工場當外役時，縫紉機總共大約十台，成兩排面對面排列。我的位置在背靠著牆的那一排的最旁邊，另一側是年紀相同的洪惟仁。我們的關係有些奇特。

他晚我將近五個月被捕，判決的罪名是與人發起組織「大同主義青年革命軍」，「陰謀以暗殺搶劫造成社會經濟混亂，散發傳單進行宣傳，冀達以武力推翻政府之目的」。這個案子涉及六、七個人，但最後坐牢的只有他和他的老師王競雄，刑期都是十年。

我認識這些涉案者當中的好幾個，而且曾住在一起至少半個月。那是我們先後被捕前一年的夏天，地點在花蓮太魯閣附近山間的一座佛寺裡。那時，學校開始放暑假，辭去國中教職的我，為了準備考研究所而最早在那裡掛單；辭去文化大學教職的王競雄在學生洪惟仁的陪同下，也在尋找一個可以長期隱居的處所；其餘的幾位，都是花蓮當地高中畢業的學生，有的大學剛考完，有的想要重考，他們希望離群在這個幽靜的地方放鬆幾天，或者也想想自己的未來。就這樣，原本互不相識的我們，出於不同的原因，分別從各地來到這山裡作久暫不一的寄居，而在同時寄居的那一小段日子裡，幾乎每天在一起，一起三餐同桌吃齋飯，一起在附近溯溪游泳爬山或散步，一起在入夜之後坐在佛寺前橫跨深谷的一座吊橋上聊天或爭辯一些什麼事，一起在好幾個晚上聚坐在王競雄的房間裡，安靜聽這位年輕的哲學系老師侃侃而談所謂物理哲學之類的學問，談宇宙、本體、相對論、量子、粒子、時間與空間、實有與虛無等等許多很抽象的東西，並且回答我們提出的一切疑問。我聽得似懂非懂，但因為他講話時語氣從容，內容脈絡似乎條理分明，而所關心和思索探究的又是超越現實利益的東西，脫俗清新，這一切都讓我和其他人覺得他這個人和他的話很迷人。

暑假過後，他們又先後離開了這間佛寺；只有我留下來繼續準備考試。

隔年一月，我第一次被情治人員抓去偵訊，四月被關進了這個景美看守所。再五個月後的九月裡，我還未被判刑確定時，某個下午，當我和同房的獄友在方形的水泥地上放封繞圈子散步，竟然無意間突然瞥見洪惟仁的背影。只有很短暫的幾秒鐘時間。然後他就走入廊道的盡頭，消失在南側押房區的門後。我當然不敢出聲叫喚他。但在那幾秒鐘裡，我從他背後看著他走路的姿態、身材和有些捲曲的頭髮，立刻斷定就是他。我著實嚇到了，心跳頓時加速。我繼續散步的時候，匆促且反覆地暗自回想著我從被抓被偵訊以至於在法庭被審問的經過，確認都不曾觸及到我和他的關係，因此也確認他的入獄不是我牽連出來的。

的確，他的案子的情節，曲折複雜且嚴重多了。

我們意外地在偏僻的山中佛寺裡認識和共處，相隔不到一年後，我們又很意外地因不同的政治緣由被囚禁在同一個監牢裡。

定讞之後，我們同一天被調至縫衣工場當外役，被安排比鄰而坐。這是我們在佛寺裡道別之後，首次可以見面說話。有一長段時期，空閒時，我經常看到他低頭專注地翻閱著一些又厚又重的製作精美的地圖冊。我當時以為，他必然自由地去了世界上的許多國度，走過許多道路，看過許多城市、山川、港口。他出獄後，成為台語大師，尤其以語言地理學的調查研究著名，曾出版台灣語言地圖集，也擔任過台中教育大學的台文系主任。

最近，我在一套白色恐怖口述歷史的叢書裡看到一篇他接受訪談的記述，當中還附了一張當年我們在山間佛寺居住時出遊的合照，背景是壯闊的峭壁和溪水。五個人站成一排，我們仰慕的王競雄站在中央，右一是洪惟仁，左二是我，其餘兩人也都被特務偵訊過。我好幾次久久地注視著這張照片。我彷佛從中看到了我們青春時候彼此喜歡和信任的樣子，看到一個個清澈的眼神和堅定的身姿，看到我們生命裡曾經充滿著的善良和美麗的珍貴之物。那時候，我們一起沒有很多迷惑地望著眼前的世界，並且好像蓄勢待發，無所遲疑地準備好要走向這個世界。

王競雄判刑之後一直關在綠島的綠洲山莊，但刑期結束時卻未被釋放，反而因在獄中為匪宣傳的罪名再度判刑七年。最後據說在花蓮玉里的一所精神病院裡自殺身亡。

◆◇◆

我在外役區車衣服期間，縫衣部門的成員以所謂中正大學案的受難者為主，總共四位。

關於這個案子，我沒看過他們的判決書。但他們其中一位，當年有一次曾跟我說了這麼一個故事：

國民黨政府正要撤退來台灣的那一年，設在中國江西的中正大學即將有第一屆學生要畢業。這些學生在籌備印製畢業紀念冊時，意見分歧，分為兩派，一派主張紀念冊的第一頁要依慣例放置蔣介石的肖像，另一派則強烈反對。雙方各有堅持之下，畢業紀念冊後來分成兩種版本，一種放蔣的照片，一種沒有。事隔二十幾年後，國民黨的特務單位在偵辦這個案子期間意外發現了這件事，於是進而以這本沒放蔣照片的紀念冊為依據，擴大了在台灣抓人的線索。

在刑求逼供和誣陷之下，這個案子總共逮獲了十幾位曾在十幾歲時參加過名目不同的一些讀書會甚或共產黨而變成的「潛伏的匪諜」，其中包括大學教授、中學教師、航空站處長、榮工處工程師……。他們一律被判十年徒刑。這是當時這種所謂潛匪案的行情。而他們在來台灣之後將近三十年裡循規蹈矩而且兢兢業業所曾表現的才能和專業，或語文，或數學，或行政，或電力的運作，或機械的原理和維護，等等等，也就從此一概作廢。

◆◇◆

縫衣工場是一個相當寬敞的室內空間，其中除了設有縫衣組之外，還有美工組。這是由五張舊式的木造事務桌拼合在一起的一個作業區，只占據縫衣工場入口大門內一個很小的場地（兩個組由同一位所方的班長負責管理，他的辦公桌也放在這裡），工作的內容是，在已抽掉蛋液的鵝蛋鴨蛋或鴕鳥蛋的蛋殼上作畫，作品完成後賣給藝品店。我當外役的時期，由於蛋殼畫這門生意已變得不再怎麼流行，看守所當局也不再要求每個人的固定產量了。美工組因此只剩下經常閒閒無事的三個人。其中一個是因為在眷村公廁內寫了「打倒蔣介石」之類的幾個字詞而被判刑四年的徐伯伯，一個是原為《新生報》記者的沈伯伯，他因為「十四歲參加共產黨」，來台灣之後為報社撰稿時「受匪命揭發政府接收人員貪汙事件，打擊政府威信」，被判刑十四年，而在接受調查局偵訊時因被刑求而變成耳聾嚴重，走路則明顯一跛一跛。我常看到他們兩個人笑嘻嘻的，交談時聲音很大，似乎很有精神、沒有被打壞了的樣子。

美工組的第三位成員，是入獄前在國立藝專美術科擔任助教的吳耀忠。他和早有文名的陳映真，一起屬於所謂的「民主台灣聯盟案」。這個案子總共逮捕了三十幾人，後來被判刑的好像有五人，刑期一律十年。我被調至外役區時，吳耀忠之外的四人，早已送往台東的泰源監獄（後又移至綠島）。他之所以沒被送走，只因為他會畫畫。

於是，從三十一歲之後，有五、六年了，他幾乎每天都必須坐在一張小書桌前，面對著一顆小小的蛋殼，在它的表面上畫京劇臉譜、古裝仕女或山水風景。

他的桌子背對著場區的入口大門。我走過他的身旁時，經常看到他同一顆畫了幾筆的蛋，會擺在桌上許多天。我們有時會對那一顆蛋品評一番，一致同意大作確實不易完成。

他的五官鮮明而柔和，是一個長相英俊、身材挺拔、舉止斯文優雅的人。他有時會跟我分享他常透過怎麼樣的途徑而得到的酒。有時，他會遠遠地跟我招手，要我去他的座位處，然後假裝稍微左顧右看之後，慢慢拉出書桌右下方的抽屜，說「來，欣賞一下洋妞」。抽屜裡是兩、三大張西洋電影豔星的泳裝照。

但通常他的話不多，交談時，尤其每當涉及到一些冠冕堂皇的信仰和主張、政治現實，或者統治者的權勢和若干作為，他的臉上就會不時閃現出輕蔑的表情，話語裡帶著幽幽嘲諷戲謔的犬儒意味，或者有時又似乎顯得遲疑和閃避，既像是對他所不屑之物事的一種抵拒，也像是在努力守護著他所珍惜的某個不願讓人輕易碰觸的內心世界。

有時候，我從我車衣服的位置看見他站在工場的大門入口處久久地望著戶外。戶外其實永遠就是那些東西而已：籃球場、少數低矮而枝葉稀疏的小灌木、對面二層樓的獄方管理者辦公室，以及只有在運送衣物的卡車進出時刻才會開啟否則總是關閉著的鐵門。當然，也還有看守所的建築物所侷限出來的一方天空。就是這些景觀吧了。但他可以那樣站著看很久，好像是一種耽溺，但似乎也是一種淡漠和疏離。在這樣的時候，我總覺得，他那好看的身影既寂寞又遙遠；他似乎正把自己放逐到很遠的地方，而他的心神這時不在他的身體裡，更也不在這個看守所的圍牆內。

蔣介石死去時，我們都在猜測和期盼減刑甚或特赦的可能性。兩個月後，減刑條例公布了，叛亂犯減刑三分之一，無期則改為十五年。在這等待的不確定的兩個月裡，我常看到他心事重重地在工場內緩緩來回走動。而且由於是非常時期，酒類的管制嚴格，我還聽說他用酒精兌水之後拿來喝的事。

減刑後，他的刑期改為六年八個月，但他實際已坐了七年牢，所以很快就釋放了。隨後不久，我也被移送去別的所在接受「感化教育」。再次看到他，是參加他的告別式。那時，他五十歲。那也是我第一次參加獄中友人的告別式。我跟著大家繞著他躺著的棺柩走一圈，並且把一枝白菊花輕輕放在他身旁。在那稍微停下腳步、瞻仰他遺容的短暫時間裡，我看見的，依然是他那似笑不笑地仍在淡淡嘲謔著什麼的、孤寂的、帶著傲氣與貴氣的、乾淨潔白的、英俊的臉。

◆◇◆

一九七〇年代初期，有許多青年和我同時在外役區工作。其中有四位，屬於所謂的統中會案。他們在一九六九年被逮捕時，年齡從十九到二十四歲不等。這是由當年台大學生所發起的以強化國民公德心為宗旨的「青年自覺運動」風潮所衍生的案件。被告原有五人，起訴時以所謂《懲治叛亂條例》二條一「意圖顛覆政府，而著手實施」的唯一死刑論罪。但是曾經擔任過政治大學代聯會總幹事的案首許席圖被捕之後，因在偵訊時備受刑求而在後來的審理初期就精神失常了，如今五十多年過去，仍被關在花蓮萬寧的治療中心裡。其餘四人，從起訴到終審判決確定，時間拖磨長達三年多，過程反反覆覆，包括蔣介石的介入。最後的結果是：無期徒刑三人，十五年一人。他們當外役時，三個在洗衣工場，一個在縫衣工場，就坐在我對面。

外役區當時更為年輕的勞動主力，來自於所謂成大共產黨案的成員。這個案子的粗略情節是：有幾位成功大學的學生因為接觸了馬克思資本論、唯物史觀之類的書籍，嚮往社會主義的平等理想，想像著某些偉大、崇高而美妙的東西，於是進而草擬宣言，成立成大共產黨，同時試圖發展組織，串連其他學校的一些舊日同學或活躍分子，包括淡江、逢甲、輔大、文化、空軍幼校、海軍官校的學生。

淡江學生涉案的部分，其實另有故事。他們「不軌」的行動完全僅限於校園內；最大的「罪行」是，用油漆寫大字報，以「製造風波製造動盪」，「讓學生覺醒」。他們第一次在戶外的牆面寫「年輕人該多說話　勿讓怨責心裡藏」、「老師 學生 誰是主人」等語句，第二次則是在十二間教室的黑板上大大地畫出「$\phi\to\infty$」這三個表示從空集合到無限大的數學符號。大致就是如此而已。訴求有些生澀而空泛，有很多情緒，甚且帶有幾分無可如何之下一起胡鬧搗亂的意味。他們之所以被納入成大共產黨案，一起被抓、起訴、審理和判決，只因為他們有人曾和成大的兩位要角短暫見了兩次面，談了一些互有異見的話。

而這整個案子，東拉西扯之下，共有十九位進入了看守所（時間約只比我早一個月），其中有幾位，後來也以二條一的唯一死刑起訴。初審時，也的確有二人被判處死刑，另有四人無期徒刑。最後，定讞結果是：死刑二人改為無期，十五年刑期十人，其餘七人交付感化三年。獲判十五年刑期的人當中，有六、七位（包括我那三位淡江學弟），曾留在洗衣工場工作一段時間，後來才移監綠島。

所有的這些年輕人，真誠，活潑，很有才氣，而且心地善良。他們常來縫衣工場打乒乓球，或者彈吉他，大家一起唱西洋歌，唱〈We Shall Overcome〉、〈Blowing in the Wind〉、〈Yesterday〉、〈House of the Rising

Sun〉和〈By the Time I Get to Phoenix〉等等。我至今還記得這些歌，也記得我們當時互無猜忌的愉快相處。當時，在他們身上，我時而會看到同樣年少輕狂甚或囂張的自己，看到我們在那個壓抑的時代裡惶惶然對意義的渴求和關於理想的尋索，以及伴隨著而來的因感時憂國而生的不滿、藐視、質問和反抗。

其實，這些年輕人，大致就是今日所謂的憤怒的青年罷了。確實是有些叛逆，還似乎經常容易陷在不顧自身和現實利害的亢奮裡，因此行事輕率和魯莽，不知害怕地設法衝撞那時社會不容懷疑和挑戰的一些規範。甚至想要去革命。然而，所有的這一切，大抵正如淡江的林守一在他的自傳裡所強調的，純只出於「愛國」之心，本質上約略就是這個年齡層易於用來表達不滿、憤怒和抗議的一種行為或方式而已，根本不是什麼罪大惡極。他們完全不曾設想過，他們如此純潔無私的動機和想法，加上年輕大膽的一些作為，會被定義為叛亂，而思想不同，竟然就等於是造反。他們也完全不曾想到，掌權者如何可以那麼敵視著他們所統治的人民，竟然利用所謂的軍法把他們判決得這麼重，甚至於曾經一度亟欲置他們一些人於死地，而完全沒有想要試著去理解他們。

「人找到自己的同伴，找出和自己做同一種夢的人，並肩回應世界，付諸實踐，並抵禦不同看法的人，蔚為集體性的行動，……事情告一段落，人也才能脫身從某個夢中醒過來……。詩的怨，詩的嗟嘆，……通常是一個太大的世界和一個太小且孤獨個人的難以平衡關係，以興奮始，以哀傷止歇。」

唐諾在《盡頭》裡這麼說。

◆◇◆

我們七〇年代前期在景美看守所外役區一起工作過的一些獄友們，幾年前，當我們大都還沒有很明顯且快速地趨於衰老，有一段時候，會不定期在陽明山上的一家小吃店聚會。之所以會選擇這裡，主要是因為每次聚會的聯絡人統中會案的劉秀明，住在離此地不很遠的社子，他和熱心的太太跟這個店家稍有熟悉，這地點雖偏僻，但有公車可達，而且店裡有溫泉，有卡拉OK，前後面又全部是玻璃窗，毫無封閉感，放眼只有山林，附近無鄰家。總之，就是一個可以讓人放鬆的所在。而我們之所以聚會，可能也只是由於珍惜和懷念而已，珍惜和懷念我們在滿懷夢想的年輕時期一場難以跟外人言說的不尋常遭遇，也珍惜和懷念我們曾經的純真和相知共處。我們來，是看一些同代同命運的人，也看那個年代的自己。（但也有好幾位，尤其是年歲較長者，已不知去向，無法連絡，或者有的始終不便現身。）

我們一邊用餐，一邊談一些沒結論的話，或者喝點小酒。有時輪流下樓去洗溫泉，回來之後繼續加入游談中的話題，或者加入其他人扯著喉嚨唱歌。但總也很少提起過去共同經歷的那一段日子。我們幾乎不講述我們自己的故事。我想，我們不是刻意在閃避，而是沒有特別要去回憶，要去翻掘漸已沉澱、平息甚或消蝕的記憶。彷彿我們每個人無論是四年、五年、十年、十五年的牢獄時光，全如一場迷離亂夢裡的幻影，都不真實，既無法追究其底細，而且確實都已過去。出獄後，啊也都這麼久了，各自在重返大社會後都有各自努力辛苦穿行的路程，各自曾有的夢或理想也都各自走向了實踐或不實踐的途徑。有的開工廠當起了大老闆，有的經營超商，有的在大學授課，有的當影子寫手，有的擔任過政黨的主席，有的仍亟思於籌組左翼聯盟，有的改宗信了教，有的已無所掛心地雲遊四處，有的還在人海裡浮沉……。而這個世界，好像也沒有什麼大改變，而我們大家每一個，也只是多了完全一樣的四十幾歲而已。

一如四十幾年前，我們也還是會不時互相揶揄或自我調侃，或者小爭小辯或小鬧一番，而從一些說話的口氣和表情舉止中，似乎也仍然可以見到，記憶裡當年青嫩潔白時候各自的模樣和性格，其實也約略還保留著。這很有趣。

我們都是因為無以抵抗的國家暴力的突如其來，而在倉促混亂之間告別青春歲月的；我們的人生都是在還來不及成熟之前就被打亂掉了。然而，我們也可以說都是青春叛逆時光的倖存者。在那個年代，由於我們的敏感、正直和對某些理想的浪漫憧憬，如果蔣介石或是蔣經國一時怎麼樣考量之後的決策，或是突如其來的什麼局勢的變動而改變了判決「行情」，或是我們有人熬不過怎麼樣的酷刑或羞辱……，我們的生命都可能像五〇年代的上千名前輩們，結束在二十出頭歲數的時候。或者像許席圖，瘋掉了。我們仍然可以活下來，甚至現在這麼老了還可以這樣從各地前來相聚，這本身就值得慶幸，即使我們當中有些人的身心深處也仍多少帶著永難修復的、外人永難察覺的殘缺、遺憾。

◆◇◆

看守所內有一間圖書室，設在外役區，小小的，位於餐廳隔壁。有一段時期，圖書室的管理員是我一位朋友的父親（但這是我們在牢獄裡才相認的）。他是七〇年前後很有名的所謂福建惠安案當中的一位，反正就是偵訊特務嚴刑拷問之後株連出一大堆人當中的一位就是了。我有時候會去圖書室，但不是去借書，因為那裡面藏書不多，我想讀的都讀過了，而是去看看他。但也都沒講什麼話；彼此都不知道講什麼話。

他是一個很客氣的人，看起來十分溫馴善良，根本不像是會惹是生非的壞蛋。他被抓進來的時候是國小的校長，後來好像被判八年徒刑，罪名是我早已聽多了的罪名：十幾歲猶在中國就學期間先後參加讀書會和共產黨，來台灣之後迄未自首，是潛伏的匪諜。他許多次跟我抱怨說，他曾經被選為特殊優良教師，受總統表揚過，怎麼可能是潛匪分子。他說他曾一再跟檢察官和法官申訴這件光榮的事蹟，以證明自己的清白，但是都毫無作用。

大約五、六年前吧，我頗為意外地在報紙上看到一則報導，寫高齡將近九十的他，和太太被某個單位表揚為十大幸福美滿夫妻云云。但報導中完全沒提到他曾經坐牢的事。

◆◇◆

外役區的餐廳，為了展示的目的，目前已做了所謂復原的布置。整個室內，靠近講台的前一半空間，擺了三排共十二張方形的木桌子，桌邊共八張鐵製的折疊椅，每一張桌上放了八副碗筷（筷子卻是樣式各有不同，甚至還有摹擬的免洗筷，這想來應該是不可能的），以及三盆用舊式鋁盆盛裝的菜餚，每桌擺放的這些菜各有不同，包括滷肉、炸豬排、煎鹹魚、滷白菜、豆腐、豬血、筍絲、豆芽，等等（但其實也就是這些大約十種的同樣菜色在不同的餐桌上作調動組合罷了），其中兩桌展示的是早餐的配菜，此外也擺放了飯桶、整籠的饅頭、豆漿和稀飯。但是所有的這些食物，可能因為展出已久的關係吧，一概顯露出像是悶壞了乾癟了的濁濁髒髒的醬褐色，也好像都卡著一層黯沉陰灰的塵垢。我在餐桌之間走動，彷彿一直聞到腐敗、疲憊以及虛假的氣息。在如今這種模樣的餐廳裡，時間似乎一直深陷在過去裡，不流動，不掙扎，純只是虛虛冷冷的，沒有任何感情。彷彿是夢中久遠以前寒酸而難堪的場景。

我不喜歡如此仿真的模擬展示。事實是，這些菜和飯，每天只會在三餐的時段出現。但現在這種所謂復原的作法，卻好像把我們在這個空間裡曾經有過的故事都凝固在這些動也不動的物件裡，也好像讓進入這個空間的外來參觀者只注意到桌上的菜色，只讓他們發出「吃得還不錯嘛」之類的讚嘆；參觀者只對菜色好奇，他們不再想像為什麼有人必須長年累月被限制在這裡用三餐。

可能是為了讓遊客有一個舒適的參觀環境吧，餐廳的入口現在也已裝設了自動門，室內有空調。這也是我不以為然的。這跟我們所有在這裡生活過的人長期所曾忍受的真實處境差別太大。這樣設置的門，這冷氣設備，一起完全隔斷了參觀者對這個遺址空間的進一步認知和想像。

我記得我們吃飯的位置好像應該是靠在這個所在的後半處。但我不確定桌子和椅子是否就是目前展示出來的材質和樣式。我的記憶裡，好像不是。但布展單位在餐廳設置的解說螢幕裡，和我同年代關在這裡、同在外役區工作的兩名難友，卻也沒有對這樣的擺設表示意見。而關於吃飯，我只記得我和同在縫衣工場工作的難友長期同桌，包括年齡比我大很多的調查局案的陳伯伯、中正大學案的一位大學教授、福建案的一位蔡伯伯，以及年紀相仿的洪惟仁和統中會的周順吉。但我毫無對味道的記憶以及因味道或與人分享而生的任何愉快的回想。吃飯，仍也是規範下的聽命行事，是度過每一個日子的必要過程，無所謂菜色好不好，喜不喜歡。對於吃飯的時間、位置與菜餚，我們毫無選擇，也沒有任何意見。

◆◇◆

這個餐廳，在我被關的時期，其實是多功能的。除了是集體用餐的空間之外，它也是偶爾集會聽訓和晚間某個時段讓人看電視的場所。所以，窄小的所謂舞台上，目前也放置了一座直立的麥克風架、擴音器，以及一台老舊的電視，作為展示。電視旁邊還貼著一張節目表，公告電視可以開啟的時段，限定播放少數幾個被准許播放的節目。但是當年我從來沒什麼興趣觀看。

只除了蔣介石去世之後那幾天。

蔣介石的死，我們並不是馬上知道的。但是對我們封鎖消息的起初那幾天裡，我們其實已察覺了情況的極不尋常：電視不准看；餐廳外屋簷下那個木製的閱報架，不再張貼那一份經常有一些挖空或塗黑部分的《中央日報》；平常必須有外役人員去外界收送衣物的工作暫停了；甚至於辦公區二樓屋頂上每天都要升降的那一面旗子也不見了；每天都在我們工作的廠區出現和監督我們的班長們，舉止神色都變得不若往常，顯得沮喪和愁苦。整個外役區裡一片繃得很緊張的詭異氣氛。雖然我們不確切知道發生了什麼事，但我們都斷定必有什麼大事已經發生或者正在發生。這很好，無論發生什麼樣的事，對我們都是好事。最好是一場能翻天覆地的大事。

然後，電視獲許再打開了。連續好幾天都是對他的英明功績偉業不斷反覆追憶和歌頌以及舉國上下的無限悲痛和哀思。我們，我們這些他的囚徒們，個個聚精會神地看著電視裡人人哀痛的表現，那些手臂上別著表示戴孝的黑布章，尤其是人群無限綿延擁擠著或跪或站在路邊哭喊或抽搐飲泣著的畫面。我們都默默地注視著這些畫面，但不時會交換一個意味深長的眼神，然後在私底下掩不住無限喜悅地竊竊交換一些看法。我們不至於天真地認為政局會有什麼樣的大變動，因為我們知道他的兒子早已確確實實繼承且掌握了整個國家的統治大權；我們當下最關心的是，會不會有特赦或至少是減刑。

獨裁者終於死了。平時，我們有許多人常會互相鼓舞說，要堅強，我們一定要活得比老蔣久。這時，我們真正等到了他的死亡。這大大振奮了我們的心志。

那一陣子時間裡，他的死亡占據了我們整天的整個心思，他的死亡帶給我們很久以來不曾再有的真心快樂，也給了我們從入獄之後就不曾有過的希望。

獨裁者終於死了。「過了周末，兀鷹啄穿露台那邊的窗簾，進入總統府的大廳裡，撲拍著牠們的翅膀，攪動了裡邊的沉滯空氣；到了星期一的黎明時分，由於那個已逝的偉人和已然腐敗的權勢，這個城市颳起一陣暖和的微風，而從它幾個世紀的昏睡中醒來。」

這是我出獄多年後讀到的馬奎斯《獨裁者的秋天》起始的段落。啊，偉人的逝去，颳起一陣暖和的微風，使城市從它幾個世紀的昏睡中醒來。

但是那時候，我們這裡仍然沒有暖和的微風，城市和人民也沒有從昏睡中醒來。濕寒的冷風依舊。城市大街上那一大堆淒厲哭喊的人，那些披麻戴孝的人，那些祭拜的供桌，那些長長的瞻仰遺容的隊伍，那些電視播報員哀戚的神情和語氣，等等，都在跟我們說，獨裁者長久以來的思想教育是成功的；我們看到，在長期的操弄灌輸下，人們的心智和行為可以變得如何的愚蠢，如何的讓人毛骨悚然，並且看到邪惡。

全國彩色電視變成黑白。軍公教人員佩戴喪章一個月。各機關學校降半旗一個月。各娛樂場所停止娛樂一個月。所有的這些規定，包括後來葬禮的整個過程，都是展示權力的政治儀式。確實是沒錯的，一切仍在他兒子嚴格而牢固的掌控布局之中。我們甚至於認為老蔣之所以選擇死在清明節這一天，日期也是故意延後的，是一些人深思熟慮後的決定，是假的，捏造的。他很可能早就死了。

但是那時我們沒想到的是，為了他，國民黨政府隨後就在台北市中心劃出了極為誇張的二十幾甲的土地，蓋紀念堂，堂前的廣場還被命名為「瞻仰大道」。

◆◇◆

一九七六年底我出獄，隔年初來台北謀生，有一陣子租屋住在師大附近，偶爾會坐公車經過這裡，當時這整個區域就是一大片工地，四周封閉起來，正在開始大興土木，每一次路過，心情都很複雜，憤怒沮喪哀傷和絕望，兼而有之。當時就預想得到的是，那個東西在往後的至少幾十年裡，將會屹立不搖，繼續誇耀有關他的偉業德政，陰魂不散，繼續愚蠢化將來不知道幾代人。

確實如此。供奉蔣介石的這個帝王宮殿般的龐大建築物於一九八〇年啟用，到現在，這麼多年過去了，我除了曾經好像有三、四次進入國家音樂廳和劇院，另有幾次因為學運或遊行而曾在路邊的廣場範圍內走動之外，從來不願意接近它，更不曾走入那裡面去。威權統治時期為紀念威權統治者而建立的這個東西，象徵著一個邪惡的勢力繼續在耀武揚威，繼續在羞辱凌虐我和我在獄中認識的許多同窗以及更多的台灣人民。它令我們許多人覺得礙眼和鬱悶。它示威性的繼續存在，也將殘忍地繼續製造撕裂人心的紛爭。

有一次，某人傳來簡訊說，為了多方收集意見、尋求共識，要在花蓮討論這個所謂紀念堂的轉型，問我是否願意參加。看到這個簡訊，我只覺得厭煩和不耐。所以我回說，我毫無意願。

近幾年來，這不是已經討論不知多少次，而且已經有許多人提出種種意見了嗎？

所以，還需要再繼續討論下去嗎？

根本上，如何轉型，只是價值選擇和決心的問題罷了。

昆德拉說，「如果現實一再重複卻沒有人難為情，那麼思想在面對不斷重複的現實時終究會沉默下來。」

◆◇◆

景美看守所外役區有一個名為介壽亭的六邊形涼亭，座落在餐廳前面，近靠著一堵高約五公尺的圍牆。這牆將外役區和押區分隔開來，牆的上方是能夠同時監看這兩區囚犯活動的中央監視塔，而塔內塔外則有端著長槍的軍人每天時時在走動。

多年前，那也是我出獄多年之後，我第一次回到這個外役區，看到這個外表大致漆成紅色的很醒目的涼亭時，原以為它應該是我在一九七五年離開此地轉送他處之後才建造的。因為我對它毫無印象。

涼亭的屋頂下有一面匾額，上面除了題有介壽亭三個大字之外，還作文交代了建亭的緣起，說：「欣逢總統蔣公八秩晉五華誕……本所官兵與受刑人感念領袖恩德深厚建亭呈獻以示感戴之忱……以頌領袖功垂萬世德被八方山河並壽日月同光」。落款是中華民國六十年十月三十一日（三年前，民國五十七年，同一天，這個看守所落成）。

原來，這個亭早在我入獄前就建好了，而我在這個外役區裡至少兩年，每天至少在進出餐廳時必然都要看到它的，然而我竟然對它沒有任何記憶。

怎麼會這樣呢？

仍然是我個人心理自我防衛機制的關係嗎？

這個亭的存在，意味著威權壓迫力量每天就在我身邊，每天一再地對我炫耀、提醒和嘲笑。而且，不只這個亭本身，匾額上那些極盡諂媚歌頌又胡說八道之能事的修辭和敘述，對我而言，也都是虛偽得令人看了感到可怕、難過和厭惡的物事（竟然還說我們這些被「領袖」的專制獨裁統治剝奪了自由的受刑人感念他恩德深厚）。但我被困在此地，根本無法實際躲開它，遠離它，因此只能儘量對它的存在視而不見，不把它放進眼裡，更不讓它進入心中。因此，它從來不曾存在。這無關遺忘，而是自始它就被我排斥在意識之外。

是這樣子的嗎？

應該就是這樣子的吧。

◆
◇
◆

警備總部軍法處景美看守所這個場所，過去的主要任務是，羈押所有的涉嫌叛亂者，防止他們脫逃和串供，以確保審判的進行和最後的判決及懲罰。此外，它也兼負代替監獄執行定讞者之徒刑的功能。但不管如何，就如傅柯談及監獄時所說的，它在封閉的建築中「匯集了全部對人身的政治控制」，是「權力的工具和載體」。然而，它卻以「仁愛樓」為名，好像是一個慈善機構或推廣道德的單位。

這三個字大大地一直高掛在看守所入口大門的正上方，每天鳥瞰著每一位朝向它走過來的人，彷彿總在炫耀著統治者的道德高尚性與優越感。

我這一年多來在園區出入，也幾乎毫無例外地總是聽到眾人以這三個字稱呼這個監禁人的場所。

索忍尼辛說，「暴力並不是孤零零生存的……，它必然與虛假交織在一起。」稱謂上的寬仁慈愛和實質上的冷酷無情之間，存在著巨大的反差。

所以，我多麼希望，眾人啊，請提高自覺，以後，請勿再習焉不察地繼續以這三個偽善的字眼稱呼這個看守所，請勿讓過去的威權統治者所操縱的這個語詞繼續被慣用和追隨，擴散和傳播。

◆◇◆

如今的外役區經常靜悄悄，顯出人去樓空之後的蕭索。不再有洗衣房滾筒轉動的聲音，不再有人站在水池裡洗刷醫院的床單，不再有熱氣從燙衣部飄散出來，不再有人扛著濕淋淋的帆布郵袋辛苦爬樓梯走上屋頂的陽台去，不再有我的縫紉機踏動時的磕磕聲。沒有人彈吉他和唱歌。也不再有人打籃球了，不再有跑動的身影和叫喊，而籃球架完全不再有它的用處。所有曾經被利用過的器材、物品，尤其是洗衣工場各部門的諸多設備，都變成了展示物，一起見證這裡曾有過的不尋常的功能。

曾經，威權全面控制的一個運作環節在這裡執行。許多受難者在這裡接受懲罰的安排，日復一日洗衣服，燙衣服，縫衣服，或是畫蛋，為期多久則任人決定。勞動之餘雖也被允許若干的自由活動，然而是相當有限的。許多人的人生曾在這裡無可如何地停滯一段時期，然後再無可如何地被移轉到其它禁錮的處所。而終於，多年以後，終於威權勢力被逼著退卻了，劫後餘生的人們回到社會，各自辛酸地尋覓生路。

而管理人員，那些大大小小的獄卒們，那些威權宰制的力量，在結束這個場所的軍法功用之時，當然也是靜悄悄的不吭聲，甚至是很有秩序地不慌不忙退出了，然後隱身在大社會裡，心安理得過日子。

來園區的團體訪客較少進入這個區域。可能時間有限吧，他們較常參觀的是警衛室、醫務室、接見室、押房和五〇年代青島東路軍法處的模型室。會走到這裡來的，反而是一些散客。他們有時會在室外遮棚下的少數幾張長椅上或水池邊緣坐下來休息，或者想些什麼事。但我最常看見的是一些鳥類在各種樹木枝葉間的跳躍和飛翔，其中最聒噪的是台灣藍鵲，甚至有一次看到牠們因爭食一隻小型鳥而吵鬧很久。

我有時會在較無遊客的時段，獨自走進洗衣工場，看著衣服登記處、洗衣池、滾筒機、白布機；走進熨衣的大房間；走進已經改裝作為展覽空間的縫衣工場，走進圖書室和餐廳，然後走過榕樹下……。我好像在尋找自己的回憶，同時也偶爾想起別人的回憶。也好像是遺忘太多太久之後已經不怎麼在意的試圖重新認識。一些零散的影像和念頭在腦子裡漂浮和消失，但其實又好像仍然都只是一些陰影而已。

我除了不記得那個所謂介壽亭的存在，也不記得外役區廣場中間正對著看守所入口的那個圓形噴水池（但是我聽同期的難友說，那時候，不只經常會噴水，池裡也有好幾尾悠游的大鯉魚）。

有時我會隨便找個地方坐下來，偶爾望向場區四周的建築物和屋頂邊緣的鐵蒺藜防逃網，望著樹、鳥和天空。

這個外役區，現在，清潔人員幾乎每天都會來打掃，並且定時來修剪那些灌木植栽，因此總是保持乾淨，甚至於顯得太過乾淨如一處小公園，或像是什麼大戶人家的內院。但由於我曾經被拘束在這裡一年多甚至可能超過兩年（我不確定），也深知它長期所曾擔負的黑暗角色，如今的悄靜和乾淨，因此有時會讓我覺得，是一種墓地般的悄靜和乾淨，或者像是諸多不義辛酸的事故過後大家紛紛逃離而留下的一股時間凝固在某個暗巷廢園內的沉重氣氛，其中沒有任何因安靜而稱得上是美好的東西。

或者，這也只是任何災難經過一段時日之後，無情無感的時間回復的它平時漠然而懶散的樣子。

而有些奇怪的是，無論我怎麼想，我卻察覺到，整個心境似乎總也是靜悄悄的，沒有什麼波動，沒有什麼特別的痛、苦，或哀傷。

◆◇◆

駐館期間，我的工作室在看守所二樓。這二樓原本是當年所方行政管理人員的辦公區，一整排總共十幾個房間，有大有小，房型不一。現在所有的房間都空了，原來在這裡執行所謂的公務，但其實就是作為國家壓迫體制當中軍法系統裡屬於中末端，戰戰兢兢聽命服從的那些協力者們，那些大大小小的軍職人員，當然也早已離去。人去樓空之後，這些房間門口，目前也都看不見任何標示當年個別功能的牌子，譬如說所長室、戒護組、總務組、檔案室、資料室、會議室之類的。以前這個地方還在使用的時期，應該有諸如此類標示的吧。但也許真的沒有。權力是神祕的，或是故作神祕，盡可能保持不透明，不願意暴露它運作的方式，甚至不願意讓人直接看到它的存在。

這些房間外面，是一道面向整個外役區的走廊，長約百公尺，兩端各有一片可以鎖上的鐵門，鐵門後方，一端通往羈押區的二樓（我如今站在這個鐵門前，才知道我至少住過一年的五十號房，原來就在門後大約二十公尺外，但這區區二十公尺卻是當年我們不可能穿越的何其遙遠的二十公尺），一端通往洗衣工場的樓上（據說那是為押區的人打飯送菜的外役受刑人居住的區域）。這兩道鐵門的設置，應該是為了方便管理，而且當然只有所方的人員可以進出和通過。

我在這個走廊上散步時，最好奇的是放置我們檔案的房間在哪裡。必然有一個這樣的房間吧。在這個房間裡，每日二十四小時被迫生存在這裡的我們每一個人，必然都會有一個專屬的厚厚的檔案夾，而且一起排列齊整地存放在許多個檔案櫃裡。檔案夾裡有我們的罪行，有我們進入這個禁區之後所有的書信往來摘要和會面紀錄，我們每日的言行表現，我們的考核表，或者也有我們的審判經過和判決書，等等。在這些檔案卷宗裡，我們每一個人都是每日持續被觀察、檢查和管控的個案，我們持續被描述、被分析、被評定，被作為規訓的參考和管理懲處的依據。這些檔案因時間而不斷增多增厚。我們因此也同時越來越沉重地禁制在這些檔案裡，在我們完全不知道的什麼時候，隨時被拿出來檢視審酌一番，並且隨手再添加書寫幾筆。

這些檔案紀錄，甚至於將在我們出獄之後，繼續跟隨著我們，繼續監看和管控著我們，很多年很多年。

◆◇◆

從二樓可以鳥瞰整個外役區。傅柯說，被規訓的人經常被看見和能夠被隨時看見這一事實，使他們總是處於受支配的地位。這一點，我早有覺悟。當我從我工作的縫衣工場走出門外，隨便抬頭每每就會看到有人在這個二樓的走廊走動，或是站著看向我們。我雖然不清楚他們的職位高低，但我確信，他們必然是一體地對立著我的人。在他們眼中，我和我的獄友們就是叛亂犯。一群叛國與作亂的犯人。他們的任務是必須時時對我們保持高度警戒，並且嚴格實行各種設想得到的管理措施。他們任何人的地位，都有能力威脅我們，或是可以給我們帶來麻煩。因此我儘量避免落入他們的視線裡。

也因此，我不打籃球；籃球場整個可以從二樓一覽無遺。我不願讓他們看到在他們的恩賜之下像一群被圈圍飼養在牢籠內的動物，或是馬戲團表演的動物，似乎還很興高采烈的來回奔跑追逐玩樂，但其實都在他們允許的，甚至設定的範圍和效果之內。我會想像他們看著我們打球時欣慰的滿意笑容；他們會認為一切管理妥當而正確，而我們這些罪犯也都完全在掌控之中，完全接受如此被安排。

但我會打乒乓球，球桌就在我的縫衣工場內，因為在室內，他們看不到，我才能放得開，盡情舒展身體甚至彼此笑鬧。

直到現在，在很多場合，我仍不喜歡被看見，也儘量避免被看見。

我經常在入夜之後七、八點離開工作室。導覽辦公室的年輕朋友曾問我，一個人待到這麼晚，不會害怕嗎。曾在這個二樓舉辦展覽的一位受難者第二代有一次遇見我，也說我長時在這裡逗留，很有勇氣。可能他們都認為，這個看守所是威權統治者任意遂行懲罰的禁錮之地，諸多傷害、壓抑、吞忍長期在這裡積存，怨氣、陰氣、煞氣必然濃重，不潔也不祥，於人有害。但我在這裡進出，從未想到這類的事，當然更無所謂害怕。若真的有什麼隱晦不明的冤魂怨靈潛行或飄游在這個不義的空間裡，我也認為，即使我們或許沒見過面，但其實都是自己人，都曾經先後或同時走過一段恐怖的路，相知相惜，彼此很能體恤，絕不會故意要驚嚇人。我甚至希望，如果真有什麼事要吐露，那就用怎麼樣的方式來讓我知道吧。我想，他們必然將會告訴我更多發生在這個空間裡的真相，那些我至今仍然懵懂無知的真相，並且使我對這段不遠的過去有更多的認識。我也相信，他們若有所訴說，主要的應該也不是什麼個人的不幸、傷痕和冤屈，而是關於是非正義之類的期盼，或者也提示若干他們回看人世間時關於人之存在的疑惑和領悟。

若說有鬼，那些使用權力製造他人之不幸、傷痕和冤屈的人，才是真正的惡鬼。

我入夜之後收拾好東西，關燈，走出工作室。室外的整個外役區，包括樓下是工場樓上是我們囚房的建築物、籃球場，和所有的樹木，幾乎全部漆黑成一片，且毫無動靜。外面社會傳來的車聲很模糊。又一個白天結束了。我走過黯淡的長廊，然後下樓，然後輕輕鎖上保全人員特別為我虛掩的小鐵門。門外園區內橘黃柔和的路燈也已亮起，路上不見人影，行政大樓則只留幽微照明的燈，或者有時其中的某個辦公區的玻璃窗仍然透出白光，想必是有人還在加班。我在門外站立幾分鐘。四周確實都沒有其他人了，但黑暗中偶爾有微風。

◆◇◆

上午去看守所二樓的工作室，或是下午從工作室下來，要去外役區的院子裡散步時，如果樓下那個標示著「白色恐怖時期羈押、審判政治犯場址模型展」的房間內沒有參觀者，我常會進去逗留個幾分鐘，有如獨自去跟絕大多數我未曾謀面的前輩們請安或是作短暫的陪伴，同時也在那裡沉澱或培養一下心情，讓自己的情感和思緒再一次進入五〇、六〇年代的時空裡去，懷想仍未真正消逝的一個時代。

這個展間不到二十坪，卻容納了現今台北市東西向的忠孝東路到青島東路以及南北向的林森南路到鎮江街之間的整個街廓，也容納了從一九四九到一九六八這漫長二十年時間裡，蔣介石和國民黨統治的殘酷。這整個街廓，在這一段時期，高牆四面環繞，全部是台灣省保安司令部軍法處的範圍，其中的建築物包括不同審級的辦公室、法庭，以及習稱為東所和西所的兩座看守所。這整個軍法處空間的功能包括羈押、起訴、審判及代監執行。它的門牌號碼是台北市青島東路三號。

青島東路的這個軍法處是個肅殺之地，尤其是一九四九到一九五五這段期間。這七年當中，在這個軍法處裡被判處十年以上有期徒刑的政治犯，約有四、五千人，被判處死刑而被押解到新店溪畔（包括馬場町、現為永和中正橋的川端橋南岸、水源地附近等地）以及後期的安坑刑場槍斃的，超過一千人。而且大部分是二十幾歲的年輕人。

這也是一個非人的生活之地。遍布台灣各處的特務機構逮捕了所謂的叛亂嫌疑犯並施加各種花樣的逼供手段終而取得所謂的自白書之後，將人移送來這所在，拘押在看守所裡。我讀到生還的受難者前輩們的口述或回憶錄裡，幾乎每一位都會提及這一段在押房不被當人對待的悽慘經歷。其中許多難以想像的細節，經常讓我讀得膽顫心驚。這些細節，外人難以適當轉述；這些生命故事，最好能由當事人親口說。

這是諸多證言當中的極少數幾個：

一九五〇年，二十七歲的巫金聲被判刑十年。他把他在這裡的牢房生活形容為「有如煉鋼廠的三班制作業」：「房裡總共十八個人，夜間十二名輪流睡覺，其餘六名站崗，其中兩名分站左右拉一張破舊的軍毯搧風、消熱，口數拉毯子次數，再交給另兩名搧風。白天，昨夜站崗的六人可以睡覺，換昨夜沒有站崗的中的六位拉舊軍毯，另六名坐著互相聊天或看書。天一亮，輪流開三、四個房間放封，到大操場洗臉、刷牙，十點左右吃早餐。一天吃兩餐。如果天已亮，仍沒有放封，就會聽到腳鐐的聲音，表示有人要被押解到軍法處判死刑。」

一九五二年被判刑十五年的二十五歲桃園青年涂朝吉，在接受訪問時，這麼說：「一進軍法處，感覺很恐怖，這怎麼住？人擠成這樣，看不到外面，暗暗的。我想我們人跟動物的不同，關在這裡的若是動物早都死掉了，人還會活著是人有智慧。想說這個環境這麼擁擠，空氣這樣差，怎麼住？我就是覺得這樣。……每晚輪流睡，睡覺時，大家都沒穿衣服，褲子盡量用短一點，人像沙丁魚一樣，腳叉著腳，交叉睡，跳蚤、目虱咬，實在夠艱苦。」

這種惡劣的囚房環境，直到六〇年代，仍沒改善。一九六三年，三十八歲的劉金獅因涉台獨案而在此地被收押並判刑十年。他說：「睡覺的時候沒辦法好好睡，都是腳和頭交錯著睡，比較晚進來的就坐在馬桶上方睡，那個位置是最糟糕的，因為只要有人要上廁所，他就得起來。我們被抓去的時候正是五、六月，天氣很熱，押房是日據時代的倉庫改建的，杉木建造的押房有許多裂縫，跳蚤非常多，大家都被咬得唉唉叫，只好在吃早餐時把稀飯和饅頭拌成糊狀，然後把杉木的裂縫填起來。但是跳蚤很厲害，裂縫堵住後，跳蚤會沿著杉木縫隙往上爬到沒堵住的地方再鑽出來，直接往下掉到人體身上吸血，當時待在那裡真的很痛苦。」

現在，景美軍法處看守所內用一個小房間所展示的模型，以青島東路軍法處的場址全景為主，但另外也有兩個小模型，分別特寫了東所這棟木造押區內部二層樓的空間格局，以及其中一間押房內受難者的生活慘況。這些相當精緻的模型，和綠島新生訓導處的全區模型一樣，都是刑期十五年的五〇年代受難者陳孟和指導製作出來的。這個房間牆壁上的一面展板上，引用了他結論式的感言：「軍法處的環境當作一個坐牢的環境角度來看，實在是不夠格，最起碼的人權都沒有，不要說隱私權，人格權，連活下去的條件都沒有，不具備這樣的條件。」

「連活下去的條件都沒有，不具備這樣的條件。」但他們，這些五〇、六〇年代的受難者們，除了被判了死刑而遭到槍決的人之外，他們也都活下來了。他們帶著滿身滿心的傷，疲憊不堪，但仍堅忍卓絕地設法活了下來。

這個展間的天花板上設置了許多盞投射燈，地上也裝了標示若干街道名的長條形燈箱，但可能刻意為了製造效果吧，整個室內似乎總顯得幽暗迷濛。在這裡，時間似乎以令人抓拿不準的一種奇特方式存在著，忽前忽後，或者有時停滯不動。在這裡，經常好像有一種帶著濃濃血腥味的大災難之後萬籟俱寂、萬物傾頹、萬念俱灰的氣息。我在這裡，心神往往就會收攝了起來，且常覺得全身虛虛冷冷的。

然而，分別在五〇和六〇年代在這裡受苦過的陳孟和與蔡寬裕（他的刑期十年，但因被「延訓」而實際繫獄十三年多），卻每天在這裡，在裝設於展間牆壁上的一個螢幕裡，輪流簡單述說著不同時期軍法處的約略狀況和變遷。他們說話時，語調低沉，不疾不徐，聲音裡蒙著灰撲撲的色澤，卻又奇蹟似地透露著絕不屈服的繼續奮鬥的毅力與信心。他們從容回首前塵，彷彿仍在生命的最後階段，既客氣有禮又毫不卑微地等待著一個合情合理的解釋，一個較為美好世界的到來。

◆◇◆

關於人在青島東路軍法處被判處死刑和槍決的事（這仍然也只是許許多多證言當中極其少數的幾個）：

一九五〇年入獄、刑期十年、當時二十六歲的陳金全，在口述紀錄裡說：「起先是晚上來點名，隔天一早槍決，有的知道將被槍決，就在房裡寫遺書。後來才改為一大早點名，之後就帶出去。我在軍法處看到冤枉的人很多，勇敢的人也很多。有的自己走出去，都不懼怕；有的人要出去時，兩腳都軟了，必須有兩個人駕著，一路哭出去。」

一九五〇年被捕時二十歲、刑期十年的蔡焜霖認為，這個軍法處的押房「簡直是人間地獄」。他說：「最恐怖的其實是早上四、五點鐘，天都還沒有亮的時刻，原本安靜的空間，一到那個時間點，就會有軍警踏著腳步聲以及打開鐵門的鑰匙聲到牢房裡點名，聽著唸到名字的政治犯就是即將要被押去槍決，因此那個時間點根本就沒人敢睡覺，全場屏息等候安排，每個政治犯都完全不曉得當天早上會不會點到自己。」

一九五〇年底被抓時才十七歲的吳大祿（判刑五年，但實際坐牢六年半）說，「難友被帶去槍決時，我們會坐著一起唱追悼歌，也就是〈安息歌〉。這首歌一代傳過一代，待過軍法處的人都會唱。」

蔡焜霖深刻記得另外一首歌。他說：「一九五〇年十月十四日，是同樣關押在軍法處的鍾浩東，遭到槍決的日子。……他希望現場的難友們可以為他唱〈幌馬車之歌〉，因為這首歌對他來說不僅是與他妻子蔣碧玉之間的回憶，也讓他憶起了家鄉的所有美好。於是在送行期間，大家開始用日語唱起了這首歌，當時我也跟著唱這首歌，那場面真的是相當激昂悲傷。」

陳英泰的著作裡則提及，雲林鄉下國小校長郭慶三十一歲「被叫出去時獨唱了悲情激昂的日本古代軍歌〈我若由海路行走〉」：

我若由海路行走，
將不惜成仁為浸在海水的屍體；
若由陸路行走，
將不惜成仁為被野草裹包的屍體。
我為大家，為社會，
為國家犧牲捐出我的生命，
義無反顧。

◆◇◆

綠島曾經有兩個專用於關押政治犯的監獄。一個叫做保安司令部新生訓導處，簡稱新生營，存在於一九五一至一九六五年間；另一個，全名是國防部綠島感訓監獄，別號綠洲山莊，存在於一九七二到一九八七。前者兼施勞動改造和思想改造，半開放式，類似於集中營；後者完全封閉式，高牆圍繞。這兩座接壤的監獄遺址，加上落成於一九九九年底的人權紀念碑及其周邊的公園，相連成一片很大的區域，包括美麗的海灣地形地質景觀在內，在當地人生活的聚落之外，目前一起成為「白色恐怖綠島紀念園區」。

二〇一〇年五月，我初次來這個小島，參加所謂人權藝術季的紀念活動。

這一年活動的重頭戲，主要是邀請一些曾經囚禁於此而現今還活著的人，回到苦難的現場，一起見證新生訓導處當年許多建築物當中一棟囚舍的原地重建，一起參觀囚舍空間裡所精心布置出來的若干展示。

舉行展示區開幕儀式那一天，不同時期在這裡服過不同刑期的好幾十個人，以及一些陪同前來的親人，都成了貴賓，全部被安排坐在臨時搭設的大帳篷底下，一起幾乎全然沉默寡言地面對這一棟囚舍現已敞開的唯一入口。然後一位長官出現了，在工作人員的引領下，走入帳棚下的眾人當中，在旁人一一提示著各個賓客的姓名和簡單來歷時，一一和他們握手，一一問候說您好您好保重保重，全程微笑，姿態莊重。然後，儀式開始，包括長官、鄉長和少數幾位受難者的致詞，以及另外一些受難者的合唱和樂器演奏。樂聲寥落，話語如空氣，其中浮沉著總會在這一類行禮如儀的場合聽到的一些難以確認其中真實意義的詞彙，諸如傷痛、和平、人權、對話、寬恕、紀念，還有觀光，等等。

我的腦中逐漸變得既是鬧烘烘又空蕩蕩，逐漸感到沮喪和疲倦。

我起身，從座席的後方離開會場，在附近獨自走動。

我手上拿著活動執行單位發給的折頁和小冊子，用其中的說明文字和圖片一再比對現況，一再四處張望，卻越來越感覺到焦躁、恐慌，以及一種很深的悲傷無言的狀態，以至於好像整個人，以及周遭的景物，正無聲無息地，掉入一種抓拿不著的茫茫的無限深淵裡去。

整個所謂的新生營或訓導處，根據資料解說，包括管理者的軍方官兵在內，曾經住過兩、三千人，政治受難者則編成三個大隊（其中包含一個女生分隊，人數最多時曾有百名以上），分別住在三大棟木造囚房裡，此外還有許多用咾咕石砌成的不同樣式和用途的建築物，分布在占地很廣大的範圍內，外圍另有菜園，有溪溝，有水池……。但是我那天所見，除了重建出來的那一棟囚房而外，其實，幾乎全都不見了，或者被夷為平地，或者被後來的其他機構的建物所取代，完全看不出原來的樣貌格局，甚至也讓人搞不清楚範圍從哪裡到哪裡；更難以想像，曾有的那麼多五〇年代和六〇年代前期白色恐怖的受難者，在受盡諸多偵訊刑求凌虐之後，在他們的一些同案者被槍斃而自己可以倖免死亡之後，被遣送渡海然後隔離在這個小島的這個海邊角落裡服刑，那麼多年裡，每天二十四小時，是怎麼過的、如何起居、如何接受「改造」？他們如何可以堅持著活下去？他們是一群怎麼樣的人？

然而，我眼前所見，這個重大的歷史現場，牽涉到那麼多人重大生命經驗的所在，那麼漫長的一段不久以前的歷史，如今竟然都已經不存在，煙消雲散，都消失了。十五年間大約兩千人被迫在這裡的日子好像不曾有過一樣。不是塵埃落定，而是成為一片空白，或更有如原本就是一片空白，無傷無痕。好像所有的一切，過去就過去了。好像不曾有過這麼一回事。也好像不曾有過這些人；他們的存在無足輕重，毫無意義。

◆◇◆

我這第一次應邀來綠島，身分有些曖昧。我不曾關在這裡的新生營或綠洲山莊，也幾乎都不認識這些曾經關在這裡的人；我雖然約略曉得他們經歷的那個五〇、六〇年代大致的災難性慘況，但對於他們個別的故事，所知極為有限。他們當中住過新生營的人，彼此之間常以「老同學」相稱——在人生當中的一段意外岔出的歲月裡，他們被控制在遠離家鄉的一個小島海角處集體生活，集體接受身心二者的激烈「改造」，同時也在私底下各自或相互砥礪，學習不同的語言、知識、思想、生存與戰鬥的意志，等等，包括原來未讀過書的，學習認識字，進而開始讀書和寫字，甚或啟蒙若干意識。但我不是他們的「老同學」。當然也不是官方口中或當年綠島居民習稱的「新生」。他們是我受難經驗的先行者。但是我對他們是陌生的。我對他們的疑惑和好奇多於感同身受。

因此，在這次活動中，我雖也是獲邀的參與者，但也經常像是一個觀望者，從旁看著他們的樣貌身姿，想像他們在這裡度過的歲月，他們在這裡被改造和存活的樣子，同時揣測他們如今回來的心情。

這次活動的執行單位所安排來接待和照顧大家的眾多年輕朋友，以及每位官員，一概用「前輩」稱呼我們這些受邀者，而對於自己被如此稱呼，我也總覺得有些怪怪的，甚至感到受之有愧。這個詞，指涉的應該是某個同業、同校、同組織之類資歷較深者或長輩，其中多少有些傳承的意味在。我可以因共同的政治性繫獄經驗而用前輩之名稱呼早我坐牢的人，但是，現在我竟然和他們一樣被尊稱為前輩，被這個集合名詞歸納在一起。我因此不免納悶，我是在哪一方面或哪些經驗，堪可被如此稱呼的呢？

◆◇◆

我的這些前輩們出席第三大隊前的開幕儀式，參觀囚房內部的各種展示，走訪人權紀念碑，觀看表演晚會，環島遊覽和聚餐，一連串的活動安排，彷彿是他們離開故居至少四十五年之後，難得遠從分散的各地回來相見、重聚和話當年的懷舊之旅。

然而顯然，他們並不是帶著思念愛慕的心情回來的。

一路上，他們的話不多，神色大抵淡定，無太多在意的樣子，沒顯露什麼特別的感情，諸如興奮、好奇、感傷或歡喜之類的，整體上好像總是存在著一種類似於認命的、無法計較的疏離且蕭索的氣氛。即使在第三大隊內部，在這個依照當年格局而重建出來的囚禁空間裡，他們被招呼著緩緩走動，一邊聽著策展人員解說目前之所以如此展示的用意，一邊觀看展出的各種舊日的照片、少數的所謂文物、養豬和種作的模型，以及布置了滿滿人物蠟像的一整個中隊的寢室（一個大隊分為四個中隊），有如在觀看著自己早已遠離而去的難堪背影，雖也有兩、三個人聲音較為高亢地說話甚或笑談展出物件中的若干物事，但大多數人常只是偶爾低聲交談，或者以時有遲疑和停頓的語句，彼此交換和確認著各自的某些已被時間侵蝕得極為模糊或混淆了的零碎記憶。

事到如今，他們是否覺得，過去種種不如忘掉比較好呢？

一九六五年，新生營關閉了，仍在服刑的新生全部移往泰源監獄（但也有極少數被留在綠島指揮部，譬如，長期擔任照相公差的陳孟和）。如今，二〇一〇年，他們回來，而且絕大多數是第一次回來，而時間至少已經相隔四十五年了。

四十五年過去，人還能留下什麼記憶嗎？或者，更多的是，遺忘？四十五年。為什麼要這麼久呢？這麼久，他們才回來。這麼久，他們曾經被迫在此地經歷的存活處境才如此勉強且只能粗略地被公開呈現出來。四十五年之後，他們回來，有如是在對自己的這一段過往作一次靜默的巡禮，並且對它作一次正式的告別。

◆◇◆

遊覽車顛盪著在蜿蜒的山路上時而爬坡時而下坡。我們有如一個老人旅遊團在環島觀光。我們也像旅遊團的一般行程那樣，在觀音洞、哈巴狗、睡美人之類的幾個景點下車、稍微隨意走動和拍照。在車子裡，這些大我十幾二十幾歲的前輩們，剛開始的時候，大抵仍是沉默寡言地坐著，好像平心靜氣，甚至是沒什麼興致的世故樣子。後來在陪伴身旁的年輕工作人員慇懃而好奇的攀談之中，才漸漸有了較多的說話。車子行進間，我看到他們有人偶爾指點著窗外目前大都長了林投樹和各種雜草的廢耕地，說起他們當年曾在某處種菜或是割茅草和月桂葉的勞動；有時候，少數幾個人一起轉頭望向海邊，零零落落地說起潛水抓龍蝦然後偷偷煮來吃之類的事。年輕人靠在他們身邊，聽他們回想著片段的往事，並且時而繼續發問，想要讓他們說出更多的舊日記憶。好像晚輩陪伴著長輩一起家庭旅遊的親密景象。一種彷彿極為接近幸福的溫馨時刻。

車子繼續走，窗外的風景緩緩地橫移而過，時間的韻律好像悠悠閒閒，所有曾經的風暴這時似乎都已平息。那段曾經破壞了他們對生命之想像的歲月，似乎也都過去了。大海仍然是大海，土地也仍然是土地，而世界也回到了原有的完整，美麗，不再令人痛苦和悲傷。表面上似乎如此。

◆◇◆

在這一趟遊覽車上，郭廷亮的女兒坐在我旁邊，靠著車窗，她不時跟我指點說，車窗外山壁上的什麼什麼植物的葉子或果子可以吃，是什麼滋味。我原以為她是植物生態專家或很有經驗的自然觀察者。但是她說，她只是因為父親坐了牢，家裡忽然間失去了經濟支柱，所以從小就必須為了餵哺那好像永遠難以填滿的飢餓，隨時都很警覺，隨時都會注意周遭有什麼東西可以吃。她說，「我從小就很會找食物。」她說這句話時，口氣平淡，甚至還帶著些自我解嘲的笑意。

她在車子行進間約略跟我說了她爸爸的故事。

她爸爸的案子和坐牢的經歷，複雜曲折而詭異，其中充滿陰謀和算計，更因牽涉所謂的孫立人兵諫叛變案而很有名。我早在讀初中的時候，一些學長在上學途中就曾繪聲繪影地談起孫立人的若干事蹟和如何被蔣介石猜忌和構陷而後被軟禁以及他的眾多嫡系部屬被逮捕下獄的事。這些傳言，片段零散，語焉不詳，卻聳人聽聞，我也不知道我那些學長是怎麼得知的，但是孫立人將軍在我年少的心目中，曾經是一位被陷害的忠良。

她爸爸的案子在五〇年代白色恐怖的獵捕類型裡，完全屬於蔣介石鐵了心要剷除軍中潛在政敵的性質，他的坐牢既不在新生訓導處也不在綠洲山莊。他一九五五年被捕之後，前十年單獨關押在台北的保密局南所，接著是十年囚禁在桃園的情報局看守所（包括三年在神祕的徐厝這處私宅裡）。他是在刑滿出獄後才被警備總部兩度「請」來綠島的，住在綠島指揮部，第一次擔任圖書管理員七年（起初五年，不准家人探望），第二次「共同」飼養梅花鹿五年。

後來我獨自來綠島逗留時，曾在新生訓導處後面的山坡看過她爸爸的鹿寮，如今已廢棄了，掩藏在雜樹林裡。我也記得很多年前的新聞報導說，他在孫立人遭軟禁三十三年且過世後，想要平反這個叛亂案，回復長官孫將軍的名譽，於是積極四處奔走，聯絡當年的軍中同袍，卻因為在一次搭坐火車途中不知道為什麼竟然意外掉落地面，也從此，平反的事就沒人再提起了。

◆◇◆

參觀梅花鹿園區時，我跟八十歲的張常美談了較多的話（後來見面時我都稱呼她歐陽媽媽）。她說「我永遠不會原諒國民黨、我恨透了」這句話的時候，那種斬釘截鐵地表達憤怒的口氣，讓我頗為意外。之前我曾從一些採訪記錄裡大略認識她，知道她十九歲就讀台中商職高一的時候被捕入獄（她比一般人晚兩年就讀初中），坐牢十二年出獄後，和同為政治犯的歐陽建華組成家庭，雖然也有過一段艱辛的獄外歲月，但畢竟也養育出了一位舞蹈家女兒和三位或為音樂家或在大學任教的兒子。和大多數政治犯出獄後的際遇相較而言，她有這樣的後半生，算是相當幸運而難得的。然而，舊日的痛苦記憶卻依然在她的心底裡糾纏。

有些悲傷，時間似乎也終將撫慰不了。

我回去再次較為仔細地閱讀她的口述文字。

她牽涉的案子，一般稱為台中案或台中地區工委會案，牽連甚廣，總共六十三人被捕，其中死刑七人，無期徒刑十二人，和她一樣獲判十二年徒刑的則有三十人（包括另外兩名與她同校的在學生）。她的罪名是加入共產黨，但是她說「案子是湊出來的」，她完全不認得判決書裡的其她任何人。她的「十二年牢獄換了十幾個地方，所有的監獄都走透透」。（其實她並沒有走透透；有一本展覽手冊，名為《臺灣監獄島》，其中提到了為數眾多、遍布全台各地但以台北為中心的各種逮捕偵訊場所、羈押候審者的看守所，以及執行刑罰的監獄。甚至，戲院也可以是羈押處和法庭。我在一份口述紀錄裡看到五〇年入獄、刑期五年的陳煜樞說，他有一段時期曾經關在新店戲院，後來「我們被叫到樓上判決，……樓上沒有什麼人，沒看到判決書，那裡不像法庭，是看守住的地方。」）

張常美從學校被抓走的第二天就關進了國防部保密局南所（原址位於台北市延平南路一三三巷底），在那裡「一間關五個人……這麼小間，二塊榻榻米，睡五個人，兩個小孩（都三歲多，跟著母親坐牢）」，「半夜常常聽到刑求、拷打的淒厲聲，……每天都在打，根本睡不著，很大聲，只好起來坐著……一直到天亮」。此後大約有半年時間，她與家人完全斷絕音訊，「沒有衣服可以換，什麼都沒有，連內褲也沒有，只有一套學生服」。她的月經「從被抓開始，有一整年都沒有來」。她兩度關在青島東路的軍法處看守所，「總共看了七個人被抓去槍斃」：計梅真，錢靜芝，蕭明華，季雲，傅如芝，丁窈窕，施水環。她說，這些事，「我都不太去想，一想到就害怕」。但她一直無法遺忘她們的名字和她們最後的身影。

張常美被迫太早懂得人生。十九歲那年，當她從學校突然被帶走，所被帶走的其實就是她的一整個世界，是她的青春、快樂、父母和同學的愛、一切夢想……。從她被帶走的那一天開始，她被迫從種種扭曲的、邪惡的一面看人生。在國家暴力的肆虐下，在彷彿無盡期的恐懼中，她雖然也曾目睹了一些人堅定的信念、追尋理想的勇氣、風骨，但也真切看見了人的脆弱、可憐，看到無法無天。

從十九歲的那一天開始，她都只是忍氣吞聲地努力著在收拾和重新黏合那被糟蹋了的破碎的人生，並且以此反擊政權的不義。

不是所有的錯誤和罪過都可以被原諒。至少，張常美有不原諒的絕對權利和正當性。

在這一次的人權藝術季活動中，張常美和先生歐陽建華一起回來他們都曾住過的新生訓導島處，也看了如今已蕩然無存而只用鐵絲圍起的略表女生分隊居住範圍的那個地方。近幾年來，我也曾幾次看見張常美仍然很有精神地參與人權博物館的一些活動。心理學家認為，回到過去，可以讓人從過去解放出來，走出創傷。但因為傷害實在太深，所以，實際的情況很可能是，宣稱可以得到解放和真正得到解放是兩回事。

◆◇◆

初次和歐陽文見面，是在一起受邀參加綠島人權藝術季的現地創作時。在為期五天四夜的活動中，主辦單位安排我們兩人同住公館村一家民宿的一個房間。就在這幾天裡，當我們中午回房休息，或晚上就寢前，分別或坐或臥在稍微隔開的並排單人床上，我們陸陸續續談了許多話，其中大部分是由於我的好奇發問所挑起的他的談話，包括入獄前對於繪畫之夢的熱烈追求經過、繫獄綠島十一年的若干處境和行跡，以及出獄後一些極其難堪心酸的遭遇。

即使我也曾有過屬於自己的一段暗夜漫漫的崎嶇路，但歐陽文受苦受摧折的經驗，點點滴滴，聽起來，仍然不時讓我情緒起伏。其中最為驚心的是，當他出獄了，以為可以重新拿起畫筆自由創作卻因不斷受到情治人員的干擾和恐嚇而終至於不得不廢然放棄，但為了餬口而不得不有一長段時期受雇從事鋪柏油的工作，而且為了能夠卑微地保住這份勞累的工作而如何儘量避免暴露身分來歷的傷痛敘述。

歐陽文二十六歲入獄，之前，畫作曾連續三年入選台灣省美展。出獄後，由於覺得受到政府監視，無法自由發揮，他不再創作。直到大約一九八七解嚴後，他才試著重新拿起他一直魂牽夢縈的畫筆。然而，這時他已經六十一歲，他感嘆說，運筆時已經缺少當年的力道了。

那幾天裡歐陽文斷續地跟我說起這些往事時，一直輕聲輕氣，難得露出激動的情緒，甚至於經常顯得過於客氣、謙虛，包括在房間裡坐臥移動時也總是輕手輕腳，生怕干擾到我、令我不快的樣子，這些都讓我覺得心酸、心疼。他已是八十六歲的長者，還比我已故的父親大兩歲，是我的父執輩啊。

有一天下午，他坐在民宿前的小庭院裡，接受另一位同行畫家的素描。他長時安靜地坐在藤椅上。我陪伴在旁邊，也一直安靜地看著他。他那滿頭的白髮長長的，很漂亮，長相更是好看，很帥氣，而且體態仍然硬朗。那也是一個安靜的下午，海浪的聲音隱約從數十公尺外的海邊越過一些房舍來到我們身旁，似有若無的微風在庭院前的馬路上，而他曾經一待就是十一年的那個新生訓導處的營區在不到一公里外，這時很遙遠。這個下午，我一直安靜地看著安靜的歐陽文，一邊想著他這幾天裡跟我說起的一些記憶，想著他的生命，想著曾經有過的一段黑暗年代。

也是這個綠島的下午，我定定地端詳著他維持得仍然端正的體態時，可能曾經下意識地認為他還可以活很久很久。所以兩年後當我得知他去世的消息時，我還是很意外很難受。我一邊讀著通知的文字，一邊流淚。我專程老遠去參加他的喪禮，送他最後一程。

◆◇◆

受邀參加綠島人權藝術季現地創作的，共有十人，其中九位是畫家，只有我不會作畫。執行單位是希望我能夠用文字表達我對這個園區的觀察和想法。但是在這為期五天的活動裡，我一個字也寫不出來。

之所以寫不出任何字，或者不知如何落筆，我想，主要的，仍是因為我好像還一直陷在初次進入新生營的那種茫然失神的情境裡。好像一個人從一個空無甚至虛無而且無邊無際的廢墟現場離開之後，仍處在不知所措的狀態。

後來，有人體貼地安排我晚上去綠洲山莊二樓的一個房間裡寫作，說那裡有電腦，而且很安靜。真的很安靜。但似乎太安靜了。這個房間的樓下是這個監獄的會面室，而圍牆裡面不遠處那個十字形放射狀的監獄牢房，曾在十五年間長期囚禁過數百名我的前輩和同輩，五〇年代、六〇年代、七〇年代、八〇年代先後被判刑的，都有。他們被拘禁在這裡，那麼長的時間，必然不會總是如此安靜。在一些時候，這裡必然有叫喊聲、哭泣聲、嘆息聲，以及談話聲和怎麼樣的笑聲才對。或者，也應該還有圍牆後面雜樹林在風中吹動的聲音和海浪的聲音。

但是當我坐在關了門的這個房間裡，什麼動靜也沒有。只有日光燈蒼白的燈光照著白色的四壁，讓人覺得寒寒涼涼的，沒有溫度。也好像有什麼東西被壓抑著，讓人的感情和頭腦都空了。

我坐的這個獨立的小房間，從位置和格局推測，應該就是典獄長這樣的頭頭領導當年辦公和發號施令的地方。這個職位的人，在過去那一段幾十年的時間裡，是國家機器的一個執行者，代表國家機器對我們這樣的人執行規訓和懲罰。這樣的想像令我不舒服。心情很亂，有些恍惚。我好像感到很不真實。我不相信我在此地。我不知道我在哪裡。

◆◇◆

從第一次的綠島之行回來後，帶著有些驚疑和內疚的心，我開始試著走入過去。我一方面開始較為積極地閱讀一些歷史記述，尤其是一些五〇年代前輩們的口述文字和若干自傳，其中記性特別好、使命感強烈的陳英泰希望「留真相給後代來判斷」的兩本回憶錄，尤其啟示了我很多初始的廣泛認知（啊，一生奮戰不懈的人，他出獄後一再回憶、述說與見證，生前總共寫了三本書，而以八十二歲的高齡去世後，另外的三冊著作以套書形式出版）。另一方面，我也試著找機會去接近和認識那些還活著的前輩。除了在蔡寬裕的邀約下加入以六〇、七〇年代的政治受難者為主所組成的「關懷協會」之外，我也曾幾次列席由五〇年代的政治犯所組成的「平反促進會」的聚會（也是因為閱讀陳英泰的作品，我才知道「促進會」如何從原來的「台灣地區政治受難人互助會」分離出來的因由和過程，並且約略知曉了他們之間的爭論和怨懟。他們曾經有過共同的信仰和嚮往，然而竟然猜忌逐漸加深，於是對於一起走過的苦難日子，有了不同的看待，對國家未來和社會理想，也有了分歧甚或不相容的堅持）。

第一次去參加促進會的定期慶生聚餐時，有人要我簡單自我介紹並且講幾句話，但我拿起麥克風，講沒兩句，眼淚就掉了下來。我不記得從入獄之日起曾為自己的遭遇流過任何一滴淚，但竟然在這樣的場合輕易流淚，事後回想，也覺得意外。

可能吧，這就像是一個多年來一直孤單流落在外的人回到老家，回到自己的族群中，看到眾多未曾謀面的族親長輩，因此一個人長期獨自硬撐著面對世界的緊繃身心終於可以放鬆下來，於是不禁百感交集所流下的淚水吧，其中可能混雜了高興、委屈、心酸、愧疚、思念等等之類的各種情緒。這淚水，不只是因為第一次看到這麼多我的長輩活生生聚集在眼前，因此彷彿具體帶回了長久以來我們所先後經歷的故事以及我們的分散遍布，也因為面對了時光流逝中世事的變遷，我們曾有的堅韌和奮鬥，意志無可如何的消蝕，我們的老衰和窘迫。

確實我有時會覺得，我們這種人是存在於台灣社會裡的一個很特殊的族群。我們都是國民黨政府所謂的叛亂犯，因為背叛國家而坐牢，經過幾年或幾十年之後出獄了，回到社會上來，但我們還是繼續被敵視、被監控、被隔離，「工作權也因為多達二十四種的職業團體法中的禁止條文，而受到極為嚴重的限制」（林書揚語）。我們只能孤立無援地設法求生。在生存與尊嚴之間，我們儘量維持一個中間點。（大致就如我的同期獄友、因成大共產黨案而坐牢十年的吳俊宏說的，「政治受難者……出獄後由於年歲已高，加上白色恐怖時期的諸多禁制，與情治單位的干擾，就業一直坎坷不順，經濟生活除了少數經商有成或在政治上取得發展外，大多數人極不安定。」）

出獄後，我們被禁止說出我們的過去，人們也不太敢於深入聽聞我們的過去。有很長一段時期，我們經常要隨時注意並且花費很大的心思隱藏自己的政治犯身分，以免讓人害怕，甚或真實地為他們帶來麻煩（當然，你也可以說，我們對自己的身分過度自覺；或者認為，我們因驚嚇過度而畏首畏尾）。我們被迫和整個社會處於若即若離的狀態，甚或自我封閉。我們潛行離散四處。我們是在社會裡不安定地浮沉著的孤島。我們閃躲一些事。人家所認識的我們並不完整，是有缺漏的，而這缺漏的正是我們自己最無法忘懷、最在意的部分。我們自己也因此會感到對人有所保留的遺憾。我們往往要帶著這種樣態的有所保留和遺憾在跟他人認識和交往。

我在閱讀一些前輩的口述歷史時，有時會覺得我們有許多人似乎或多或少、或長或短，曾經有一段時期是，甚至於現在還是，像是活在自己國度裡的隱形人，甚至像是祕密的流浪人或流亡者。

◆◇◆

一九五二年第二度入獄的陳孟和在二〇〇二年接受訪談時說：「我從綠島回來到現在，經過差不多四十年了，……白色恐怖這段歷史，官方當然是，有意的要把它掩蓋起來，不讓見世面，我們這些受難者也是一樣，……減少在這個社會上，暴露過去的那一段，以減少生活的各種不便，所以我們也有意掩蓋自己的過去，甚至很多的場面都不願以真實的面目，來對待這個社會，……親戚或是過去的同學，全部幾乎都斷絕往來，為了避免引起他們生活上的困擾，所以我們都自動的離開。」

二〇一七年，陳孟和過世後，兒子柏均回憶起父親，認為他「一輩子都一直還在陰影之中」，好像「還是有一個霧在，沒有散去，……好像自己不在人間，而是單獨自己存在」。

台灣白色恐怖受難著這個族群的人數，眾說紛紜，至今仍然是個謎。

長期研究這段歷史並且對五〇年代受難者作過大量口訪的林傳凱認為，政治犯有名有姓的人數大約在一萬八千至兩萬人之間，這之間的兩千名落差，主要是那些未被定罪為叛亂犯但被判感訓的人。這些人裡，五〇年代的受難者占了八成以上，其中確實有真正潛伏在地下的共產黨員，但更多的是那些因為反感於統治者當局的威權腐敗而失落、迷惘、苦悶，從而對社會主義有所憧憬而加入了組織者，或只是閱讀了若干相關書籍並且在同學友朋之間對國家民族之未來有所討論的行動溫和的青年，以及，不少的無辜冤枉者。五〇年代被抓的這些人，不必然就像一般所說的都是知識分子；有很多是讀書不多的人，包括工人、軍人，農民……。

◆◇◆

五〇年代的一些青年從素樸的良心出發，信念單純，嚮往公平正義，相信必然會有一個更好的世界，他們尋找友伴，尋找未來，一起討論，學習，試圖理解社會的問題，甚至解釋世界，相信歷史前進必有一定的道理，並且認定有一個你非與之對抗不可的邪惡的階級和權力，因此進而試圖組織起來，團結成為戰鬥的力量，他們也因此是心懷著一定自信的，甚至是應該還因自認為進步而多少帶著些豪氣傲氣。

或許就像羅素說的，「他們認為在社會主義理論中已經找到了一種經濟和政治的分析方法，找到病因和藥方」。或是，吉拉斯說的，「他們以為馬克思主義已掌握了這個世界、社會和人類的未來」。

只是，他們沒想到厄運那麼快就到來，並且一個牽連著一個甚至牽連一大群，認識的或不認識的，同學好友和更多的原本陌生的人，先後迅速就陷入了那恐怖的特務機關裡。他們的身心飽受摧殘，甚至生命也迅速完全終結了。生命結束在正要開始發光的時候。

◆◇◆

也是屬於第一批來到新生訓導處的海軍軍人胡子丹（時年二十，刑期十年，但因無人作保而多關了九十七天），在《跨世紀的糾葛（我在綠島3212天）》裡說：「白色恐怖的案件乃是千絲萬縷，件件不同，而其中沾染到政治成分者儘管多之又多，但無關政治而被誣栽為政治案件者卻也不少。」他還說：「我們這一代一九四九年二十歲左右、追隨政府而來台灣『反共抗俄』的娃娃兵，正是被執政的國民黨所消遣又消耗的一代。」

◆◇◆

經歷過這次遭遇，我們許多人都改變了。我們不再是過去的那個人了。我們被偵訊被羈押的時期每天忍受獸類不如的生活，我們經常必須目睹人的死亡，而且可能就是青春少年友伴的死亡。我們雖然有些意外的倖存了下來，但我們原來對世界，對他人，對自己未來人生所曾描摹思想過的圖像卻破碎了。我們困惑，懷疑，悲傷。

這樣的感傷，也來自於我們青少年時代友伴或同學被毒打被誘引或者被欺騙之下的背叛，我們組織一些領導同志的出賣，甚至有的還被封了官，或者淪落為所謂的運用人員，成為逮捕凌虐我們的特務的耳目，或者在我們一起受苦的時候潛藏在我們之間觀察和記錄我們的言行，打我們的小報告。他們深深傷害了我們對人的純真信任，對一些信仰的思慕和追尋，對某些東西曾有的感動……。可憐的人，可憐的人性的脆弱與複雜。

但是倖存下來的我們仍得要提醒自己，為了活得像一個人，不能消沉了若干殘存的美好的意志。我們繼續相信和希望，並且繼續設法前進。

◆◇◆

最近這一年多，我大概每個月都會去綠島一趟，住一個禮拜或更久。夏天很熱，人很多，摩托車在最熱鬧的南寮唯一的一條狹小大街上不停竄行，店家生意極為活絡；但是大致從十月中旬以後，東北季風開始頻頻到來，船班變少，甚至於有時就臨時取消了，絕大部分的店家也關門不做生意，或者就舉家離開小島，避居到台東那邊他們早已購置的另一處住家去。這時的綠島，人煙稀少，環島的路上，很難看到人車往來，只有強風任意地吹襲。

但無論什麼季節，綠島似乎經常不時就會下雨，並且夾著一陣一陣方向不定的風。在不同月分的好幾個晚上，我從宿舍出來，撐著傘站在綠洲山莊監獄的圍牆邊，看著時起的強風從將軍岩和公館小漁港的方向，也就是人權紀念碑那一帶，從北方的海的方向吹襲而來，雨絲在路燈下不時盤旋飛舞。我一個人靜靜地聽著風聲，聽著雨打在水泥地，打在草皮，打在鐵欄杆，打在廢棄的警衛崗哨屋頂，以及打在每年舉辦一次的人權藝術展其中一個展場的廣告燈箱上，所發出的各種不同聲音。園區的保全人員跟我說，風大的時候，即使不一定是颱風，海水往往也會衝到綠洲山莊前的馬路來。

而當我這樣靜靜站著看雨聽風，總也經常會想到新生訓導處存在的十幾年間，若是經常碰到稍大一點的風雨，受難者前輩們住在木造屋裡，那些橫拉式木板窗必然會潑雨，風也會灌進來的吧，而風聲就在營舍四周不斷呼嘯，尤其是當颱風來臨，情況必然會更慘，那時候，他們是怎麼面對和應付的。

判刑十年、第一批來到新生訓導處的賴丁旺，在口述記錄裡說：「綠島的第一個颱風，讓我覺得很可怕。……那個颱風的晚上，我們睡覺時，第四隊的房子倒塌，屋頂被掀走，橫樑垮下來。」這個當時二十三歲、生長在台南山區的青年也深刻記得，「颱風要來時，島上的空氣中有一種特別的味道，是海水的鹹味」。

◆◇◆

每次去綠島，除了有三次搭小飛機之外，來回我都坐船。我知道，再大的浪，我也不會暈船，所以我喜歡坐船，坐在船上靠窗的位置。大約五十分鐘的整個航程中，即使前後或身旁有人吐得很厲害，我也經常都很愉快地繼續看著或平靜或劇烈起伏的大海，有時還會看到海鳥飛翔，甚至於有兩次看到飛魚跳躍出水面。

一九五一年五月十七日，第一批的政治受難者，大約八百人（包括少數幾位女生），從台北青島東路的軍法處到綠島，在海上一天一夜（有人說大約四十個小時），卻幾乎全程都沒看到海。他們半夜裡被叫醒，集合之後兩人成一對銬在一起，並且用麻繩綁住腳（但也有人記得綁在手上），前後好幾對連成一串，被軍人押解著走到華山車站，搭火車到基隆，會合另一批來自內湖新生總隊的受難者之後，進入平時用來運煤的登陸艇，坐在甲板下暗無天日的船艙裡。上船後，串連的繩索被解開，但手銬仍在；上廁所時，必須兩人同行走到甲板上。如此一路顛簸煎熬，他們終於抵達綠島中寮村的海邊，然後由舢舨接駁上岸，然後拖著沉重的步伐走向一個完全陌生的所在，走到訓導營。

據一些前輩的回憶，當時有許多居民在住家門前準備一桶水，擺在路邊，舀水請經過的「新生」喝（台大醫學系的學生顏世鴻甚且記得汲自不同水井的水有著不同的味道）。這些所謂的新生裡，「大都是二十來歲，三十以上的很少」，有的還是穿著卡其衣服的十七、八歲中學生。

為了揣度他們登島這一天或有的心情，我曾刻意分別在冬天和夏天，兩度從中寮漁港那裡，獨自步行三公里多的路到園區。

第一批被遣送來綠島的受難者前輩有人說，被送至綠島的第一天，就覺得這裡有如天堂。是的，他們的說詞就是「天堂」。一個相對於地獄的概念。和過去在南所北所東本願寺之類諸多偵訊單位所受的迫害折磨羞辱以及在青島東路軍法處押房極度惡劣的生存空間比起來，是似乎不必每天每天感到恐懼、不安和絕望了。遠離拷問、威脅、擁擠、黑暗，也不必要再看到有人突然就被帶出去槍斃的不安和恐懼。他們被押送來綠島，原來那種漫無邊際彷彿不斷墜落不斷受苦的難受和不確定感覺，似乎終於有了一個盡頭。他們疲憊虛弱的走過這個陌生海島異樣小村莊窄小的土石道路時，甚至可以看到既好奇又疑懼的人們在看著他們，他們也帶著好奇，不知未來命運和監禁生活會是什麼樣子。但至少四周明亮，光線遍布，一切都是有溫度的，有了人間社會的聲音、人住的房屋、人的自由走動。這裡將會是一個新的開始，接下來就慢慢等待，單純存在著，活下去。並且不知不覺地醞釀著怨恨，或者重新振作，甚至加強和鍛鍊原來的思想和意志，「相戒不在等待中耗損思想的鋒芒」（林書揚語）。甚至繼續抗爭。或者，不思不想，一天過一天。

對於這登島第一天下船的第一個印象，賴丁旺說：「我記得那天的陽光很強，山坡上有很多綠色植物。……海岸邊擠了很多人，他們來看熱鬧。」顏世鴻在他的《青島東路三號》這本回憶錄裡則說：「藍的天，綠色的島，白色的沙，青色的海，五月中旬綠島實在中看。」（當年二十四歲刑期十二年的顏世鴻，從這一天開始，將在這個新生營裡度過十一年多的時光，期滿後再因「留訓」而被轉送至小琉球這個更小的島，繼續管訓做更勞累的苦工一年七個月。）

◆◇◆

我去新生訓導處的全區模型展示館許多次，經常在那裡逗留很久。我站在將模型和觀眾加以隔開的透明防護板外，仔細地觀看這個以五十分之一的比例製作出來的模型。

雖說是如此縮小了的，整個模型的寬度也仍有大約二十公尺。在這個模型圖裡，整個營區一覽無遺，其中有做為主體的關押受難者的三個大隊的房舍，有受難者們自己用咾咕石堆疊築造起來的圍牆以及好幾處所謂的克難屋和一座造形奇特的用來演話劇的舞台，有運動場，有菜園，有山坡，有流麻溝這條小溪流過，有溪溝旁邊稍遠處的醫務室和病房……。穿著淺藍服裝的幾個小小的人圍蹲在戶外的空地上吃飯，幾位女生在籬笆內傳球，有人在籃球場上運動。穿著白色長袍的醫生走出醫務室外，那可能是負責這個醫務室、刑期十年的胡鑫麟醫師嗎，或是外科的林恩魁、耳鼻喉科蘇友鵬、婦產科王荊樹、皮膚科胡寶珍、內科呂水閣等醫師所組成的這個小島上最堅強的醫療團隊當中的一位？海在靠近我的位置，海邊有幾處湧濺起白色的浪花。整個住處依山面海，小水流從中穿過，耕作種菜的田地分布在附近。衣食住行育樂好像都齊備了，圓滿自足，天長地久，一幅可以就這樣在這裡長長久久安居樂業平靜作息的美麗景象，甚至好像生活在這裡是極其可欲和幸福的。沒有壓迫，沒有恐懼，沒有淚水，沒有祕密。

而且，生活在這裡，絕對安全。模型圖的一面解說牌上說，它有四道防線：地理位置上的環山面海；設置在山區和海邊的總共十個警戒碉堡；長一點三公里高兩公尺厚約三十公分的咾咕石圍牆和牆上的四座監視碉堡；以及四面環海的整個綠島本身與外界的完全隔絕。

模型圖的上空，還特別懸掛了一架飛機。那是一九五〇年代美援顧問公司的一行人所搭乘的水上飛機。他們因此曾從空中為新生訓導處拍下珍貴而美麗的彩色影片。

◆◇◆

這個模型主要是在陳孟和前輩的指導下製作出來的。

一九四八年，陳孟和十八歲，就讀師範學院美術系，準備轉赴中國念書，卻因被誣指為投共而第一次被捕，在台灣保安司令部情報處羈押偵訊了八個月。一九五二年初，他因被認為參與共產黨的外圍組織而再度被捕。這一次，他被判刑十五年，接著就被遣送到這個新生營裡度過整整十五年歲月。

他說，他被控訴的罪名是參加叛亂組織，但其實什麼也沒有，沒有這樣的想法，也沒有見諸實際的行動。他說，他的坐牢「沒有一點價值」。所以，他對於自己被迫生活過的這個所在很在意，認為必須復原這個曾經存在了十幾年的歷史空間，具體重現過去的場景，才能讓後人認知和記得這裡曾有過什麼事件和人們，也「才能把過去的那一段歷史留下來」，否則「一定會脫離歷史的真實面很遠」。

有意或無意地消除證據，就等於在禁止記憶。

二〇〇二年，七十二歲的陳孟和憑藉著記憶和美術專長，以及當年被指派擔任攝影工作所留下的許多照片，繪製了新生訓導處鳥瞰圖的油畫。從二〇〇七年底開始，總共有兩年半時間，他長期參與這個模型圖的製作。在紀錄片裡，他說，用「殘年」這個詞來「形容現在的生命是極其恰當的」，他很擔心在殘餘的有生之年無法見到模型的完成。在影片裡，我看到他拄著拐杖站在施工現場，與施作人員認真討論著圍牆咾咕石的形狀和顏色、山溝的轉折、山稜線的角度和走向，以及菜畦的數量，等等。在影片裡，我也看到他以稍微顫抖著的手拿著鉛筆，全神貫注地，耐心仔細地，畫出他們在訓導處時自己編織的草鞋、各式鐵鎚、鋼鑿、柴刀之類的勞動工具、木造蒸籠、流廁溝蓄水池剖面圖、照相室內的各種器材，等等，甚至標示了各種物件的尺寸，線條乾淨而準確。

◆◇◆

霍布斯邦在《論歷史》裡說，那些試著要恢復失落的過去的作法，是不可能完全成功的。所謂的恢復過去只是選擇性地挑選而已。但他也認為，有時，即使是象徵性地藉由一小部分的重建，卻也能奇蹟似地讓人在情感上對於已失落的過去產生完全重現的效果，整體因而全部恢復了。

殘年時候的陳孟和念茲在茲所指導完成的這個新生訓導處全區模型圖，對我而言，而且我相信對來此參觀的絕大多數人而言，是想要認識新生訓導處這個歷史空間和認識這段台灣白色恐怖歷史，很重要的入門。它呈現了兩千名受難者在此地生活的整體故事。它讓目前已消失無蹤的這一處重大的不義遺趾，變得具體而真實。當我站在它前面，視線在個個模型物之間遊走、搜尋和停駐，我很容易就可以理解整個範圍裡各種曾有的建築的相關位置，想像所有的前輩們在其間的活動，想像他們如何過日子，如何從事勞動和接受思想改造，甚至想像他們的心情。這個模型圖，大大解除了我第一次來新生訓導處時的茫然若失和困惑。

然而，這個模型卻也只能是綜合性甚或集合性的一次呈現。它所展示出來的所有建築物和人的活動，包括那些山丘、天空和海水的樣子，在時間上是被定格的，是一時性的，或者說，是共時性的。在新生訓導處存在期間，以及隨後更多的時間裡，包括綠洲山莊存在的時期，各有不同的建築形制、不同的空間使用、不同的「訓導」方式與規範。觀看著這個固定且靜止的、由各種物件組成的模型時，我也提醒自己，應該也要試著認知和想像隱藏其中曾有的各種有形變異，以及在長期時光流動中，發生在生活於此地的受難者們身體與心靈上的諸多事與情，並且感知某些東西必然也正在悄悄離我們遠去。

◆◇◆

新生訓導處一九五一年啟用時，並不是現在模型裡讓我們看到的那樣子。我本來也以為，這個訓導處是整個蓋好以後，新生才陸續關進來的。顏世鴻說，「當時還未完工的新生訓導處只有一個大門。」

因涉叛艦案而被判刑五年、當時二十二歲的毛扶正，後來接受口述訪談時說：「我們到時，第二大隊還沒有完全好，只有五個中隊，……只有第一大隊好了。……天天跟包商做小工，……包商沒有完成的工作，都要由我們完成。處長姚盛齋住的房子，都是我們去砌牆、蓋茅草……。」

原籍四川的他，因為做包商的小工而開始學台語。他說：「我在台灣一個人，沒有家，從高雄左營上岸，都在獄中，我的生活圈子從綠島開始，我認為自己在這個島上重生。」

◆◇◆

模型館裡也展示了一份新生訓導處的每日行程表。日子安排得極為緊湊。

五點起床，五點半每個中隊早點名，並且合唱〈新生之歌〉：「中華民族的國魂／喚醒了我們的迷夢／三民主義的洪流／洗淨了我們的心胸／粉碎鐵幕／走向新生……」，然後上午下午都各有勞動和小組討論，晚上七點晚點名，齊唱「反攻大陸，保衛大台灣」，九點半關鐵門，十點就寢。

後來我才知道，這份每日行程表也只是某段時期的每日行程表；不是新生營存在的十五年裡，都是如此作息。

第一批被送來新生營，並且在這裡坐完十五年牢的王文清說，剛來的一長段時期，每天早上起床早點名之後，到吃早餐之間的一個多小時，都要去海邊打咾咕石，然後再搬運回來砌兩米高一尺厚的圍牆。所以石頭最好是一尺見方或一尺二方。總共砌了一點三公里。砌這一道新生口中的「萬里長城」，總共用了將近三年的時間。後來，他們仍然要繼續去海邊敲打礁石，或扛或挑著回來，繼續蓋許多所謂的克難屋。

王文清說：「我們的青春都埋沒在這道圍牆裡。」但目前只剩幾十公尺。

他說，「都不見了，我們的歷史被毀棄了。」

胡子丹在他的書裡則說，所有的重勞動是從他們來到新生訓導處隔年的「第一個春天」開始的。「全體動員，打石頭、抬石頭，晨曦中、黃昏裡、烈日下、風吹雨打中。」除了圍牆之外，「道路、克難房、籃球場、露天舞台、水壩、中山堂、豬圈、羊圈、雞舍、游泳池等等，幾乎全是大大小小、奇形怪狀的石頭堆砌而成」。

後來海邊打石頭抬石頭的工作少了，改為所謂的勞動服務，內容包括：去流麻溝挑水、去南寮漁港扛米扛煤炭、上山砍柴割茅草……。

在新生營裡，新生們的這些勞動，正如傅柯所說的，「價值不是利潤，甚至也不在培育某種有用的技能，而是一種懲罰的方式，目的在於剝奪人們的自由，並且確立一種權力關係。」

關於勞動，陳孟和認為，不是勞動有多麼辛苦，較讓人受不了的是精神上的壓力。他說，因為怕會有爪耙子打小報告，「每天二十四小時裡，講每一句話都要考慮，絕對不會隨便說話；連可以自由講話的環境，都要顧慮身邊的人」。這種對人的不信任，才是他「最大的痛苦」。

◆◇◆

關於新生訓導處所制定來規範新生們每日活動的這個時間表，完全符合傅柯對於監獄作為「一種專制規訓」的觀察。「在監獄中，政府可以剝奪人的自由和犯人的時間；……它可以不僅在一天之內，而且在連續的歲月裡管制起床和睡覺、活動和休息的時間、吃飯的次數和時間……，它決定時間的使用。」新生處的管理者把漫長的一天分割成若干可精確測度的時間區塊。每一天的起始和結束，以及期間的每一個小時，甚至每半小時，都被嚴厲決定了，是一種全面的規訓。壓迫與剝奪充塞著每天的每個角落。在這裡，基本上，每個新生每天有如上好發條的玩具兵在走動。

傅柯說：「通過他們被迫從事的日常勞動，改造他的身體和他的習慣，通過在精神上的監督，改造他的精神和意志。……監獄雖然是一個行政管理機構，但同時也是一個改造思想的機器。」

◆◇◆

關於用來改造思想的政治課程，胡子丹說，「政治課程包括上課和各種規模的討論：分為小組、大組和座談會等；後來又增添輔助教育」（晚上的補習課程，分為數學、國文、英語三種，師生都是受難者）。小組討論，初期的時候每天都有，一個中隊分成九個小組，每個小組十幾人。大家都不願發言時，帶隊的就會指定發言，以控制場面。他說，他有時會寫十三份發言稿給同小組的人，內容完全一樣，但用詞、句式、結構完全不一樣。全程在座監督的獄方小組長聽了也都很滿意。

上課則按學歷分組，課程名稱有「國父遺教」、「領袖言行」、「共匪暴行」等等。「大家隨便聽聽，也隨便唸唸，最後則照課本抄一抄。但後期，種菜養豬之類的生產要緊，政治課就逐漸減少了。」陳煜樞說：「上課馬馬虎虎，反正就是三民主義全世界最好，國父是全世界最偉大的人。」

這讓我想起我的刑期剩下一年多的時候被移調到台北土城的「仁愛教育實驗所」（啊，又是以仁愛之名）去接受感化時的經驗。我那時的課程也約略就是諸如此類。上課時，幾乎每一個人都在看自己的書；考試時只要投當局所好作答就是了。還好，我們沒有小組討論課，不必為發言而煩惱。但記得好像每週一次，早上的時候，我曾有幾次被指定在班上朗讀「領袖訓詞」。

這時，我就專注於注音符號，練習標準的發音。在規定要繳交的所謂「自反自勉」週記裡，我主要都是先抄錄《荒漠甘泉》或詩篇中的一小段落，然後說，這些智慧的語言給我啟示良多作為結束，雖然其實我沒什麼特別的宗教信仰。每次都沒問題，都能過關。

而那些來上課的所謂教官們所講的話，以及管控和考核我們日常生活言行的那些所謂訓導們所講的任何話，如果沒有進入我的心裡，它們就不存在，不具備任何意義。

◆◇◆

政治犯當中刑期最長的兩人之一林書揚（關滿三十四年七個月，另一人是李金木），被許多所謂的「紅帽子」奉為思想導師。他認為新生訓導處屬於集中營的性質，不同於監獄。他說：「集中營因為有強迫勞動和強迫學習，各項規定比監獄更嚴苛、更繁雜。重要的一點是，集中營裡的生活雖然活動空間比較大，但導致強制和反強制、洗腦與反洗腦之間的恆常性緊張總是帶著思想鬥爭的成分。從而整個生活氣氛是沉鬱的，還帶有一點詭譎。……強迫勞動的目的在於消耗受刑人的體力和抵抗意志，而強迫上課是要瓦解受刑人原有的認識立場或世界觀，灌輸一切合理化的統治者理論。」他還說：「不論集中營或監獄，都是政權暴力組織的一部分。它的功能在於懲罰，而為了懲罰，就必須製造痛苦。」他沒說的是，它的功能還包括，儘可能讓人的存在變得沒有意義。

林書揚身後留下兩本文集，其中幾乎完全未寫到漫長獄中生活裡的細節。他很少敘事或抒情，他論述。他不思念，他思考。他不描繪不特寫，他概述；關於綠島十五年的風景，我只看到他寫了這麼一句：「那火燒山上的飛雲，公館灣頭的浪花，曾經帶給我們多少慰藉多少鼓勵。」

◆◇◆

新生訓導處的這些我的受難前輩們，他們被迫侷促在綠島這個小島上，但他們的青春歲月卻也曾無可抑制地在此地短暫散放出一些明亮的光。他們用專長、才華和熱誠為這裡的居民進行醫療和接生，暑期為學生補習，教授各種課程，為節慶表演，帶來歡樂，包括演話劇、京劇、歌仔戲、街頭蛤蠣舞和舞龍舞獅。他們帶來一些種籽和不同的耕種方式。他們被派去山上勞動，砍柴和割草，在生產班租來的農地裡栽種蔬菜和甘藷，飼養豬雞羊等牲畜，於是和島上的居民逐漸往來讓人們知道這些「新生」是怎樣的人，並且帶來較為開闊的眼界。台大地質系的學生葉雪淳（判刑十五年），則為綠島做地質調查，繪製了全島地質圖。

◆◇◆

從模型館入口進去，面對的是一幅小組討論課的照片輸出放大的背板，標題寫著「他們是誰？」。照片裡有蔣經國，有當年中華民國的駐美大使顧維鈞，有惡名昭彰的新生訓導處第一任處長姚盛齋，有坐在板凳上的少數幾位新生，以及新生面前寫著幾項小組討論題綱的一片小黑板。大人物們一起專程來確認十萬餘名政治犯關在綠島和人權毫無保障的新聞報導和傳聞是錯誤的，名義上則說是他們特別來視察新生在這裡受訓的狀況和成效。

九十歲的蔡焜霖（一九三〇生）有一次在我們一起吃飯的時候，似乎根本不在意吃飯，心思不時會回去他生活了將近十年的新生訓導處。他說，他最近仔細閱讀了剛出版的《蔣經國日記》，於是更為確定這張放大的照片裡的蔣經國絕對不是來視導的。蔣經國此時雖然在台灣統掌著情治大權，但他有極大的煩惱；他擔心美國不再支持他父親在台灣的統治而轉為扶植吳國禎和孫立人。蔣家政權正處於極大的隱憂中，權力很可能隨時不保，很需要顧大使回美國後能向美國政府說一些好話。所以，照片裡的蔣經國顯得畢恭畢敬，欠身甚至於縮著身體站在顧維鈞身後，一副隨伺在側的卑微樣子。在這張照片裡，顧維鈞是老大，蔣經國只是個跟班的。「這很有意思。」蔡爺爺說（一直以來，我也都跟著一些年輕朋友這麼稱呼他）。

說著說著，他又想起了他在新生訓導處的好朋友，後來因所謂的綠島再叛亂案而槍決了的蔡炳紅。說著說著，他不禁又流淚了。這或許就如約翰·柏格說的：「只要活過，死者就不可能是無生命的。」

蔡焜霖有一篇長文，述說並且反省了自己從年輕到現今思想轉變的過程，誠懇，動人。

◆◇◆

如今復原建造出來的新生訓導處第三大隊內部，向內延伸出四排平行的長方形房舍，分別是當年四個中隊受難者的寢室空間。但這整棟重建起來的建築物，從二〇一〇啟用之初，即改作為展示的空間使用。其中的一排，以「青春．歲月」為標題，展示監禁於新生訓導處的一千多名受難者的照片（另有將近七百名沒留照片），照片下方記載姓名和刑期，或是從入獄到槍斃的時間。照片密集地排列在長ㄇ字形的展版上，前後兩面都有。

這些照片根據受難者入獄的年分日期依序排列，但除了姓名和相關數字而外，就沒有其他任何說明了。沒有生日年籍，沒有學經歷，沒有受難的因由經過，沒有生命故事。就只是人頭照或半身照。這些照片因為大都是從某個機密檔案間接轉印而來的關係，面目其實都不很清晰。而那些遭到槍決的，可能就是按照當時國家暴力機關的要求在槍斃之前與之後所拍攝，用來讓最高當局比對並確認用的。看著這些照片，這些以前的人，這些大抵都在青春年華的男女，其實無從認識和了解他們的命運，他們曾有的信念和追求，夢想和憂傷。他們所受的苦難折磨，我們不曾目睹，他們的遭遇，我們無法得知、無法理解、無法解釋。

我常在這一千多張的照片牆前，在每一個我的前輩面前，站立很久，並且努力要去回想我在哪一本書或哪一篇文字裡有過關於他們曾走過的人生路程。但往往就是想不起來了。也因此，我來看他們，但我其實沒看到他們。這讓我感到一種空虛和歉意，一種一時無法讓人釋懷的遺憾。

也因此，我猜想，進入這個展間的參觀者，繞著這些照片走一圈，或許會有幾個短暫的一瞬間的唏噓感嘆，然後就離開了，不會帶著怎麼樣較為深沉的情感和知識。

這些照片因為都是用來作為檔案裡的資料或辨識存查和歸檔用的，因此人像的背景沒有任何時間或場所的指涉意義，隨處都可以，沒有任何用意的挑選。最經常的可能就是拍下這些照片的人，那個做為你對立面的某個陌生人，隨便找一個有牆壁的地方，或法庭，或警衛室，或任何辦公空間，然後叫你站在牆前望著鏡頭，然後就喀嚓一下或兩下就完成了。事後你不會看到自己被拍攝之後自己的樣子。這些照片很可能完全只是在完全被壓迫的處境裡，完全無法抗拒的命令下的產物，不是自己情願甚或怎麼樣的愉快歡樂時光希望留下的紀念物。這張你的照片，你無權保留，也不准許你保留。

這些照片裡的人，兩眼或許真的看著鏡頭，但也有看著別處，或往上看或往下看的。眼神或許也仍表現著堅定，但經常也是空洞的，或者可以大致歸納為漠然的吧，或輕蔑，或疑惑，或怨恨，或憂傷，或沒有著落處。或者心情起伏甚或紛亂，或是什麼都放棄了，成為一種要宰要割隨便你的虛無。

但也有不少人面帶笑容。是輕蔑嗎？是嘲諷？嘲諷權力，也嘲諷歷史？

或者那笑容也代表著驕傲、睥睨，一種反抗，一種站在歷史正確一方的尊嚴與得意。

在那被拍攝的當下，他們或許仍然相信，理想不死，必定會有後來者，前仆後繼，歷史的水流只是遇到了亂石的阻擋，難免要濺起一些水花，甚至讓人擱淺在若干轉彎處，但水將會越來越匯聚越為豐沛，然後奔向廣闊的大海。

然而，無論如何，這些照片至少有一個共同點：他們被拍照都是被動的，甚至是被迫的；他們被命令面對著鏡頭；他們不願意被觀看和記錄，卻根本沒有力量阻止。

◆◇◆

在第三大隊的另一個展間內，我在一個小螢幕前坐下來，靜靜聆聽螢幕裡極少數的幾位受難者前輩輪流反覆地用剪輯出來的簡單三言兩語說著他們很長時間裡的苦難和願望；我默唸著我原本不知道的曹開這一位詩人在這個訓導處所寫的詩；我看見難得收集到並展示出來的所謂文物——前人留下來的有助於研究的人工製品：一把小提琴，一個地球儀，一張星象圖，一副潛水鏡，一本日文翻譯成中文的《耶穌傳》，數幅貝殼畫，數本筆記了的簿子，數本吉他演奏譜……。大致就是這些而已。十五年「鼎盛時期約有兩千人之眾」（胡子丹語）所留下所能展示出來的東西，竟然就是這些而已。

◆◇◆

新生訓導處遺址目前仍留著原有的兩個大門，一個是新生之家，一個是革命之門。這兩個門的命名含意深遠，可以用蔣經國在一九五三年四月對新生訓導處官兵的致詞來說明。他是這麼說的：「在這裡受訓的新生兄弟，……他們都是黃帝的後代，都是我們自己的同胞，以前因為受了賣國共匪的欺騙，走入了歧途，現在我們來予以教育，使他們新生，……都變成反共鬥士，這種工作是偉大的，是光榮的。」

這些話的意思是，誤入歧途的受難者們走入新生之家這個大門，進入大家庭接受思想與勞動雙管齊下的改造教育之後，刑期結束，都將成為反共鬥士，從此可以走出革命之門，參與反共復國的革命大業。

新生之家和革命之門這兩個詞分別浮雕在兩個門楣上。兩個大門兩旁的水泥柱上也都各有一副對聯，前者是：生活的目的在增進人類全體的生活；生命的意義在創造宇宙繼起的生命。後者是：窮理於事物始生之處；研機於心意初動之時。

前一幅對聯很常見。我記得我高中學校禮堂司令台兩旁黏貼著漆成金色的這兩行大字，每個月全校集會時都必須要遠遠地望見。景美看守所外役區餐廳，也有。

之所以這麼常見，是因為蔣介石自稱這是他的人生觀。他把他的人生觀從中國帶到台灣來，希望大家一起奉行。

而這兩個句子是什麼意思呢？

他使用的字眼都很偉大，好像他已透徹領悟了宇宙運行、人生本體的根本大道理，智慧聖潔，人格高尚光明。無論看起來或聽起來都是很嚇人的，一下子就會令人暈眩昏花、令人自覺渺小。然而稍微用一下常識去細看，很容易就會知道是文意不通的、空洞、虛假、胡說八道的偽論述，像神棍的哄騙玄說，故意讓人神智不清。

後一幅對聯，據蔣介石自己說，是孫文送給他的。他說，「這聯語的意思，是凡百事物，都有他發生和存在的道理，我們做一件事情，或是用一種物品，尤其是使用武器，更要研究他發生和成立的諸原因。如此對於事物的本末，先有清楚的分析和認識，才能窮其性，然後才能盡其用，這樣我們的知識，始臻於完備。這是講格物致知的根本道理。」

其實也仍是法相莊嚴、試圖將威權壓迫道德化的假道學煙霧而已。

他在軍事上的節節敗退，現實的大挫敗和困窘，讓他轉而宣揚心性的修養、道德的光輝，強調道統的繼承，對源遠流長的文化接續的承擔，以取得精神層面的優越性，同時也加強人民對其使命和領導角色正當性的崇高想像。如此吧了。

眾多被他迫害的政治受難者被流放到這個偏遠的小島上被嚴加管教，他卻用這兩幅曖昧的文字，要讓他們得以重生，然後去革命。這是什麼道理？

◆◇◆

新生訓導處周圍的山壁和巨岩上，當年曾經費盡心思且大量動用人力刻鑿了很醒目的兩種性質完全相反的口號。一者是鼓吹好戰鬥狠的「滅共復國」、「毋忘在莒」之類的，一者是講求修養心性的如禮義廉恥、忠孝仁愛信義和平，以及營區兩個大門的對聯文字。如今，前者仍很醒目存在著。滅共復國的意思很清楚，誓言的勇氣十足；但是，毋忘在莒是什麼意思呢？騎著摩托車呼嘯來去的年輕人不懂，也不在意；中老年以上的一些人抬眼望見或許有一些似懂非懂、似曾相識之感，甚至會對著這詞嘲笑一番。我其實也不很清楚，所以特別上網搜尋了一下……。

禮義廉恥的標語則在營區後面的小山坡上，在因它們的名所形成的所謂四維峰山壁上，在時間的嘲弄之下，在帶著海水鹽氣的風和雨的永恆的侵襲之後，仍然像個衰敗的但仍頑抗著的幽靈，繼續和幾個也已衰敗但頑抗的圓筒形的水泥崗哨一起，縮藏在草木間，繼續以一種無知而寒酸的面孔，死忠而麻木地，無可奈何地，繼續俯瞰和監視著這個已幾度變裝和落荒而逃的整個營區。而所謂的八德那幾個字，則已完全不見了。

◆◇◆

《流麻溝十五號》這本書二〇一二年出版時，我才知道，新生訓導處這個地方原來也是有戶籍的，是一九五五年四月起一一八九名「新生」的共同戶籍。書中五位女性前輩的敘述，以及施水環前輩慘遭槍斃前的六十八封家書，也才終於稍微解開了兩年多前，我在解說手冊和現場展示板的許多受難者照片（包括生者和逝者）中看見那麼多有氣質的年輕女性時所曾有過的許多不解和疑惑。

這本書的採訪者曹欽榮在序言裡說，書中六人「是二十世紀台灣歷史的縮影」。我在閱讀這本書的時候，曾經有幾次恍惚覺得自己也住在流麻溝十五號，而且，我們這一代人，大家似乎也都曾住過綠島鄉流麻溝十五號。

幾次閱讀這本書並且一邊不時往返參照書裡的一些註記時，我常會播放波蘭當代作曲家葛瑞茨基（Henryk Górécki）的一首〈悲傷之歌交響曲〉（其中的第二樂章曾於奧許維茲納粹集中營的遺址裡演出）。樂曲的旋律緩慢，如海水反覆不斷的湧動，永不止息，一再來回，並且越來越為深沉和強烈，越來越將人往無止境的深遠處席捲進去，如我閱讀的心情，如六位述說者無盡的心事，如那些孤單無助的痛苦、悲傷、不滅的希望，和聖潔，而獨唱的女高音，聲聲呼喚和籲求，詠唱泣訴的是一些分離、消逝和信念的事，更似施水環前輩的那些家書。

◆◇◆

我繼續用一些摺頁資料和小冊子比對現場，比對他們上課和吃飯的地方，他們的菜園，他們飲用、洗澡、游泳的流麻溝，以及曾經存在於一九五一至五四年間的女生分隊生活起居的所在，那些都已經不存在的所在。

我仍也不時走入第三大隊，再一次看展出的他們的相片牆，看他們勞動和在房間裡坐臥的蠟像，再一次坐下來聽他們在螢幕上片段零碎的口述，也揣摸他們留下來的那些寥寥幾項所謂文物對他們當時的牢獄生活所曾具有的意義。

我也好幾次在海邊行走，走過他們辛苦敲打過和負重辛苦走過的岩礁，然後去看他們排練話劇、畫布景以及外賓來的時候一些頑劣分子被驅趕進去並且用機關槍伺候的燕子洞，然後從陸路走回來，在十三中隊有些凌亂的墓群前草地坐下來歇息。

我也去山上尋找他們租來種作的農地，去柚子湖海邊的海蝕洞躺下來休息，聽海浪聲，想像他們可能到山上砍茅竿茅草時或者也曾在這裡坐臥，和我聽著一樣的海的聲音，望著偶爾從遙遠的海上走過的令人讚嘆的大型船艦，並且還可能一邊煮食著他們偷閒抓來的龍蝦，一邊想著隔著海洋的家人，啊那讓人絕望也給人安慰的海。

我去尋找流痲溝。冬天的時候，我從「革命之門」進去，沿著曾經一度是技藝訓練所圍牆邊的道路走過堆了一些鐵板和卡車的溪溝旁，來到一個大壩底下。大壩頂上所蓄的水已經成為一個名為酬勤水庫的地方了。我比對舊日相片裡新生們在溝邊中游所建造的一個命名為綠島公園的位置，但已經看不見任何類似於公園的痕跡，只有強風不斷吹掃過山間的雜樹林和長草。我聽到一種很奇怪的如壓抑著喉嚨呼喊或吼叫的聲音從崖壁的頂端傳來。應該是大體積的動物才可能發出的聲音，我站立著好一陣子辨識它的來處，希望能看到那個生物的形影，或許是羊、梅花鹿，或是鳥類。但什麼都沒有。只有那沉默的山崗和上方慢慢移動著的滿天灰沉的雲。

有時我也會去人權紀念公園那裡散步，然後沿著斜下的步道走過幾組零零落落刻在花崗石壁上的姓名，走過某些受難者不以為然的所謂垂淚碑下方，然後走在那些「因檔案及資料浩繁，核對不易，疏漏難免」的八二九六個密密麻麻的名字面前，直到感覺眼花撩亂或心情疲累了，就在地上坐下來，陪他們大家面對著這經常冷清寂寞不太有人進來的半戶外的地下廳堂。而晚上，若是沒下雨，我就去那附近海邊的步道繞圈子慢慢跑步，跑在某個方向時，可以看到極遠處台灣本島東海岸某個段落為數也仍不少的燈光，微弱，遙遠，堅持，耀眼。

後語

◆◇◆

在一些公開的場合或私底下，偶爾有人會問我：這麼多年了，事過境遷，我現在還有恨嗎？

聽到這個問題，老實說，我都會有一下子的不愉快。

昆德拉在《玩笑》裡說，「對人不遺餘力地懷恨很可怕，很敗德，……變成自己的不幸。活在沒有人能被原諒、沒有人能得救的世界裡，就有如活在地獄。」

這些話，我完全同意。

前前後後被關了二三十年的南非的曼德拉說：「當我走出囚室，經過通往自由的監獄大門時，我已經清楚，自己若不能把悲傷與怨恨留在身後，那麼我其實仍在獄中。」

這幾句話說得也很有道理，很動人，甚至顯得很高貴。

我真心希望自己也可以。我很少想起自己的監獄經歷。甚至很可能下意識地一直在遺忘這段經歷。

但要完全遺忘，何其困難啊。

因為，雖然我，以及許多和我一樣有過這段白色恐怖經驗的人，終於在囚禁多年之後走出監獄的大門，但是，事實上，這個大門並非就是通往自由的。一些事實繼續在製造我們的悲傷與怨嘆。

出獄後，我們必須繼續戒慎恐懼，在那繼續折磨我們的邪惡力量中忍氣吞聲。我們有許多無法也不准與他人言說的孤獨寂寞和擔驚受怕。我們主要的不是怕害到自己，而是更怕害到他人，怕再拖累了家人。我們被迫和社會保持若即若離的關係。我們彷彿只能流亡在自己的社會裡。

直到今天，即使黨產會、促轉會、人權博物館相繼成立了，但是當我時不時就看到有人發表談話說，蔣介石的主要貢獻，就是光復台灣，保衛台灣，建設台灣，推動台灣的民主改革，舉辦地方選舉，使台灣才有後來的全面民主化，或者，看到一些舊時曾經積極打壓政治參與的人和熱烈依附者，仍然占據高位，或在媒體上大言不慚放言高論，甚至還走上街頭完全只為私人的利益在抗爭，或者，看到有人去慈湖、頭寮之類的地方謁陵、祭拜，甚至掉眼淚，或者，當我每次經過那個所謂的中正紀念堂，我那傷痛的感覺就會再度隱隱浮現。在這些時候，我那種不寬容的情緒就會讓我不喜歡地升起。

這不必然就是恨。陳孟和的兒子柏均，有一次問我說，這種情態是否近似台語說的「凝心」。

◆◇◆

不少人談到或聽到一些政治受難者的遭遇，或是談起白色恐怖這段歷史，常會說，那是時代的悲劇。把這一切歸諸於大時代的環境因素或個人命運這樣的偶然性，或者說這是執政的國民黨為了維護政權的不得已做法這樣的必要性，其實都是輕鬆而無情的託辭。他們好像急於在為一些人的不幸遭遇和那一段歷史作總結，下結論。其實是意味著就不要再談這些事了，過去就過去了，到此為止。他們其實很可能是要避免面對鄂蘭所說的那種「平庸的邪惡」的難堪，避免面對自己曾經在一個全控社會裡作為「沉默串謀者」的內疚感，甚或避免他們當年積極參與國家威權之運作的罪責的追究，不願認真面對。

他們或許以為我們好像要去清算。

其實，不是的。就我而言，我最想要的是，心靈平靜。

◆◇◆

有些人出獄之後，餘生都努力在逃離這個經歷，也不想讓子女知道自己有這一段深刻的非比尋常的過去，唯恐不利於這些子女的前途，摧毀他們可能的幸福。他們掩蓋得很辛苦，隱藏得很吃力；他們一輩子不敢說話。

二〇一九年十月我在人權館聽一場關於澎湖七一三事件的講座，其中一位講者的父親涉入事件並不深，但她說：「爸爸一個十七、八歲的青年，對於身邊很好的朋友一下子就消失了，或者遍體鱗傷回來，記憶一定很深刻。……最好忌口不談起過去這一段往事。……媽媽，哥，我，我們都很怕，怕我們現在擁有的小小的幸福，會因為我們的不小心的批評多話，就毀了。……所以我們都不願意去回顧。」這是我當天簡略寫下的一小段聽講筆記。

楊逵入獄許多次，曾在新生訓導處關了十年多。她的孫女楊翠說，政治受難者的傷痛其實是以家庭為單位的，而且，整個創傷會傳承到第二代或第三代。

◆◇◆

多年以前，同時也是我離開景美看守所多年以後，我初次獨自走入目前已成為白色恐怖景美紀念園區的遊客中心時，覺得自己真的就像是一個遊客，突然發現自己好像置身於一個陌生的空間，對於自己如何來到這裡感到一陣子的茫然和錯愕。室內寬敞，燈光明亮，不同樣式和色彩的座椅擺設得似隨意又實用，一切都讓人覺得愉悅舒服和放心。這跟我對這個園區的記憶和或有的想像很不一樣。

然後，櫃台的義工人員站起來招呼我，說有什麼需要幫忙嗎（日後知道我也是政治受難者之後，他們有的會以「前輩」之名稱呼我，這常讓我覺得有些尷尬）。我在入門裡面的門口旁，繼續站了幾秒鐘，等待真實的認知到來。

我雖然被關在這裡三年多，但全部都在看守所裡，根本不可能有機會進入其他的區域。現在這個全稱為「遊客服務導覽中心」的空間，據說是由原來的高等軍事法院改造的。我當然也沒看見過這個法院。然而，我卻一直以為，這整個園區應該就是陰森的，不光明、讓人不愉快的。

我在窗邊的沙發上坐下來，靜靜看著明亮的大片玻璃外那幾棵高大的橄欖樹和椰子樹，看著樹葉偶爾在微風中輕輕晃動，也看著樹下草地上溫柔的光與影。這些是我很早很早以前的那個接近中午時分一個人驚慌無助地躺在軍事法庭前長椅上所約略看到的那些大樹嗎？

時間彷彿在休息。室內室外，一片波光幻影。這是一個為參觀者準備的，讓他們可以在進入歷史之前轉換和調適心情的過渡空間。

我隱約聽到樓上導覽員傳來的年輕的笑聲。

這不再是一個迫害人的地方。

然後，一群中學生推門進來了，二、三十個，男女都有。我看到他們原來在室外嘻嘻哈哈的樣子，進入室內，一時間就收斂了，幾乎都安靜下來，只有目光熱切而疑惑地游移搜尋。長期大獵捕過後的地方，必然仍會留下踐踏的痕跡和肅殺的氣息，人說話的聲音會降低，或不知道該說什麼話。

這依然是一個讓人感到壓抑的地方。

已在樓下等候這些預約導覽的學生的年輕導覽員，親切地為大家說明導覽機的使用方法，並且詢問大家來這裡參觀的動機。後來，我跟著學生隊伍，由導覽員帶著大家，包括我，逐步走入不遠的過去一段歷史裡。

INK PUBLISHING 陳列作品集 5

殘骸書

作　　者　陳　列
合作出版　國家人權博物館
　　　　　印刻文學生活雜誌出版股份有限公司
發 行 人　洪世芳　張書銘

國家人權博物館
專案執行　田芷芸
地　　址　新北市新店區復興路131號
電　　話　02-22182438
網　　址　https://www.nhrm.gov.tw

印刻文學生活雜誌出版股份有限公司
總 編 輯　初安民
責任編輯　陳健瑜
美術編輯　黃昶憲
校　　對　孫家琦　陳健瑜　陳　列
　　　　　新北市中和區建一路249號8樓
電　　話　02-22281626
傳　　眞　02-22281598
e-mail　ink.book@msa.hinet.net
網　　址　舒讀網 http：//www.inksudu.com.tw
法律顧問　巨鼎博達法律事務所
　　　　　施竣中律師
總 經 銷　成陽出版股份有限公司
電　　話　03-3589000（代表號）
傳　　真　03-3556521
郵政劃撥　19000691 成陽出版股份有限公司
印　　刷　海王印刷事業股份有限公司

港澳總經銷　泛華發行代理有限公司
地　　址　香港新界將軍澳工業邨駿昌街 7 號 2 樓
電　　話　852-27982220
傳　　真　852-27965471
網　　址　www.gccd.com.hk

出版日期　2023年 2 月　初版
　　　　　2023年 12 月 12 日初版四刷
ISBN　9789863876342
GPN　1011200051
定　　價　399元

國家圖書館出版品預行編目資料

殘骸書／陳列 著；
－－初版，－－新北市中和區：INK印刻文學，
國家人權博物館 2023.02
面；　公分. -- (陳列作品:5；人權文心：002)
ISBN 978-986-387-634-2(精裝)
863.55　　111022103

國家人權博物館 NATIONAL HUMAN RIGHTS MUSEUM
LITERATURE 002